literatura

Machado de Assis

Memórias póstumas de Brás Cubas

Adaptação de
José Louzeiro

Ilustrações de
Rogério Borges

editora scipio

Gerente editorial
Sâmia Rios

Editora
Samira Youssef Campedelli

Assistente editorial
Dulce S. Seabra

Preparadora
Ana Paula Munhoz Figueiredo

Revisoras
Cristina Yamagami,
Ana Paula Nunes Nunes,
e Nair Hitomi Kayo

Coordenadora de arte
Maria do Céu Pires Passuello

Diagramador
Jean Claudio da Silva Aranha

Programador visual de capa e miolo
Didier Dias de Moraes

editora scipione

Avenida das Nações Unidas, 7221
CEP 05425-902 – São Paulo – SP

ATENDIMENTO AO CLIENTE
Tel.: 4003-3061

www.scipione.com.br
e-mail: atendimento@scipione.com.br

2020
ISBN 978-85-262-8033-5 – AL
ISBN 978-85-262-8034-2 – PR
CAE: 249470 AL
Cód. do livro CL: 737609

3.ª EDIÇÃO
10.ª impressão

Impressão e acabamento
Gráfica Paym

• ● •

Ao comprar um livro, você remunera e reconhece o trabalho do autor e de muitos outros profissionais envolvidos na produção e comercialização das obras: editores, revisores, diagramadores, ilustradores, gráficos, divulgadores, distribuidores, livreiros, entre outros.
Ajude-nos a combater a cópia ilegal! Ela gera desemprego, prejudica a difusão da cultura e encarece os livros que você compra.

• ● •

EDITORA AFILIADA

Dados Internacionais de Catalogação na Publicação (CIP)
(Câmara Brasileira do Livro, SP, Brasil)

Assis, Machado de, 1839-1908

  Memórias póstumas de Brás Cubas; adaptação de José Louzeiro. – São Paulo: Scipione, 1998. (Série Reencontro Literatura)

  1. Literatura infantojuvenil 2. Romance brasileiro. I. Louzeiro, José, 1932-. II. Título. III. Série.

98-2407   CDD-028.5

Índices para catálogo sistemático:
1. Literatura infantojuvenil   028.5
2. Literatura juvenil   028.5

SUMÁRIO

Nota do adaptador 5
Quem foi Machado de Assis? 6
Ao leitor 8
Óbito do autor 9
O emplasto 10
Genealogia 12
A ideia fixa 13
O delírio 15
Naquele dia 18
O menino é pai do homem 19
Um episódio de 1814 21
Um salto 25
O primeiro beijo 27
Marcela 28
Do trapézio e outras coisas 29
Surpresa 31
A bordo 33
O bacharel 34
O carroceiro 35
O filho pródigo 36
O desdém dos finados 38
Na Tijuca 38
Retrato sem retoque 41
A propósito de botas 46
Alucinação 48
Marquesa, marquês 50
A herança 51
O recluso 52
Virgília casada 53
É minha! 55
O embrulho misterioso 56

O velho diálogo de Adão e Eva 57
Momento oportuno 59
Destino 59
Fujamos! 63
Lágrimas e risos 65
Olheiros e escutas 66
A casinha 68
Dona Plácida 68
Amor em fogo brando 69
A presidência 71
A reconciliação 72
O cimo da montanha 75
Canto lírico 76
A carta anônima 77
O caso provável 78
Distração 79
Era ele! 80
Jogo perigoso 82
O almoço 84
Humanitismo 85
Opinião recusada 86
Epitáfio 86
Desconsolação 87
Formalidade 88
Cinquenta anos 89
Um pedido de Virgília 89
Força ideológica 91
A semidemência 94
Das negativas 95
Quem é José Louzeiro? 96

NOTA DO ADAPTADOR

A adaptação de um clássico é, antes de tudo, um gesto de admiração pelo escritor, uma tentativa de divulgá-lo para jovens leitores.

Adaptar o romance machadiano de minha preferência, lido e relido tantas vezes, foi tarefa árdua, porém muito gratificante. As maiores dificuldades surgiram nos momentos das necessárias elisões, em função de ter de selecionar os elementos romanescos e, também, da atualização de certas palavras e até de expressões inteiras.

Trabalhamos a partir da síntese de alguns trechos da obra e, assim mesmo, após detidas reflexões, a fim de preservar o vigor narrativo do autor, sua poderosa criatividade e a fina ironia que permeia o texto, do começo ao fim.

Na verdade, o processo de redução terminou sendo a leitura mais aprofundada que já fiz das *Memórias póstumas de Brás Cubas*, marco do Realismo no Brasil.

José Louzeiro

QUEM FOI MACHADO DE ASSIS?

Filho de um mulato, pintor de paredes, e de uma senhora portuguesa, lavadeira, aquele que seria o principal escritor brasileiro nasceu em uma casa pobre da rua Nova Livramento, situada no morro de mesmo nome, no Rio de Janeiro, a 21 de junho de 1839.

Entre os anos 40 e 50 do século XIX, em pleno Segundo Império, Machado de Assis era um garoto doentio, magro, franzino, que podia ser visto vendendo doces e balas feitos por sua madrasta para reforçar o parco orçamento da família.

Mesmo assim, aprendeu francês com uma senhora proprietária de uma padaria no bairro de São Cristóvão, onde Machado residia. O futuro escritor não perdia a oportunidade de ler e de escrever. Frequentou uma escola dirigida por senhoras, estudando "de favor", porque Maria Inês, sua madrasta, era cozinheira do colégio. Mais tarde, passou a frequentar a gráfica de Paula Brito, lugar em que se reuniam muitos intelectuais. Como aprendiz de tipógrafo, Machado conviveu com escritores célebres, como Manuel Antônio de Almeida, o famoso autor de *Memórias de um sargento de milícias*, que muito haveria de ajudá-lo futuramente.

Com 19 anos, Machado foi contratado por Paula Brito como revisor e caixeiro na mesma tipografia em que estivera como aprendiz. Nessa época, além de colaborar em vários jornais, recebeu o convite de Quintino Bocaiúva para escrever nos periódicos *Diário do Rio de Janeiro* e *Semana Ilustrada*. Contava com 25 anos quando publicou seu primeiro livro: *Crisálidas*.

A intensa colaboração de Machado de Assis na imprensa vai-lhe fazendo aos poucos a fama. São contos, crônicas, crítica teatral, para um público que começava a se tornar muito exigente – as mulheres e os estudantes.

No ano de 1867 ingressou no funcionalismo público, ocupando um cargo no *Diário Oficial*. Já era então um escritor respeitado e homem sério, sóbrio, inteligente. Só faltava se casar, o que logo aconteceria.

Casou-se com Carolina Xavier de Novais no fim do ano de 1869. O casal optou por não ter filhos, vivendo ambos um para o outro durante 35 anos, até que a morte os separou, em 1904.

Machado de Assis foi um funcionário público de carreira exemplar. No campo literário, além de grande escritor, tornou-se presidente da Academia Brasileira de Letras, desde 1897, ano de sua fundação.

Faleceu aos 69 anos de idade, em 1908, no Rio de Janeiro. Deixou considerável obra, em que se destacam os romances *Iaiá Garcia*, *Helena*, *Quincas Borba*, *Dom Casmurro*, *Memorial de Aires*, além dos livros de contos: *Histórias da meia-noite*, *Papéis avulsos* e *Relíquias da casa velha*, entre outros. Páginas que resistem.

Ao leitor

Aparentemente, eu estava bem de saúde, com um rico projeto a pôr em prática, quando adoeci e me recolhi ao leito. Por maiores que fossem os cuidados, acabei morrendo às quatorze horas de uma sexta-feira do mês de agosto de 1869. Tinha sessenta e quatro anos, era solteiro, morava em uma chácara, no Catumbi, deixei trezentos contos de réis no banco.

Pouco antes de fechar os olhos, entre crises de tosse e febre intermitente, assumi o compromisso comigo mesmo de, tão logo chegasse ao mundo das almas, escrever minha biografia. Uma dúvida me perturbava: a quantos viventes interessaria a obra de um morto? A cinquenta, vinte ou dez?

Stendhal dizia ter feito um romance para cem leitores. Mentira? Verdade? Preocupado com essa declaração, e rezando para ser mais feliz que meu colega francês, instalei-me na morada de muitas portas, no vale da Eternidade, e lancei-me ao trabalho, com a pena da galhofa e a tinta da melancolia. Título do livro: *Memórias póstumas de Brás Cubas*.

Óbito do autor

Escolhido o título, outra dúvida: começaria as *Memórias* pelo princípio ou pelo fim? Trataria em primeiro lugar do meu nascimento ou da minha morte? Pouco afeito aos usos e costumes no "além", não sabia sequer se deveria assumir a postura de autor defunto ou de defunto autor. Vencida a fase de adaptação, passei a escrever, lembrando da maldita corrente de ar, responsável por tudo.

Meu último dia entre os viventes foi de chuva. Os pingos escorriam pelas vidraças do quarto, transformado em enfermaria. Só não conseguia recordar se a sexta-feira era 13. Ainda que a data não fosse relevante ao meu trabalho, bem que gostaria de saber. Afinal, conforme os supersticiosos, havia muita diferença entre uma sexta-feira qualquer e aquela, que despontava no décimo terceiro dia do temido mês de agosto, envolta nos negros véus de fortes ventos, fazendo as portas baterem e assanhando os gatos pretos nas esquinas.

Embora tivesse trezentos contos de réis no banco, como já foi dito, somente onze amigos se dispuseram a formar o minguado cortejo. Também, com aquela chuva, quem se atrevia a sair de casa?! O décimo primeiro acompanhante, devoto de Nossa Senhora das Metáforas, optou pela despedida solene.

"Este ar sombrio, estas gotas do céu, aquelas nuvens escuras, tudo isso é um sublime louvor ao nosso ilustre finado", disse o orador com voz trêmula de emoção e frio.

Nesse momento entendi, no silêncio do caixão, que eu estava morto de verdade. Irremediavelmente, morto. Cessara o palpitar da vida no meu peito, entre o soluçar das damas e o pigarrear dos homens. Por testemunhas dos meus instantes finais sobre o planeta, só as lúgubres casuarinas, árvores de cemitério.

Num derradeiro esforço de manter-me ligado aos vivos, tive vontade de saber da minha *causa mortis* – o que acabei não conseguindo. Se um inesperado golpe de ar fora responsável pela doença, é oportuno lembrar que meu estado geral agravou-se, em face de uma ideia grandiosa e útil, coisa que insisto em considerar fruto da contradição, mas que se encaixará como luva nesta narrativa.

O emplasto

Foi passeando pela chácara que tive a tal ideia; dessas que mobilizam a cabeça, o tronco, os membros e a própria alma. Deslumbrado com as plantinhas da medicina caseira, que brotavam entre roseiras e gerânios, lembrei-me: por que não criar o emplasto anti-hipocondríaco, a fim de livrar a humanidade da onda de tristeza que se avolumava? Imaginei uma exposição de motivos ao ministro da Saúde, outra aos senhores congressistas, explicando que havia descoberto um santo remédio, capaz de manter o povo feliz e sorridente, apesar das medidas antipopulares que punham em prática quase todos os dias.

Agora, habitante do "outro mundo", faço a autocrítica de meus últimos procedimentos. Começo pela sede de lucros e de glórias que eu tinha. Quem quisesse mais saúde, que tratasse de conseguir dinheiro, a fim de pagar pelo supremo benefício do remédio milagroso.

O *Emplasto Brás Cubas* seria comercializado em vidros e latinhas. Os jornais publicariam minhas fotos e declarações que, também, apareceriam nas bulas de letrinhas miúdas, tão miúdas, que parentes e aderentes dos enfermos não conseguiriam ler.

A ideia de produzir o remédio tinha duas faces, e disso, agora, procuro me penitenciar. Uma objetivava o público, outra meu próprio ego, ou seja: de um lado, filantropia; de outro, notoriedade.

Lembro-me bem de que meus dois tios – um militar, o outro cônego – dividiam-se quanto ao meu destino. O primeiro via o amor ao sucesso como coisa humana e necessária. Já o prelado considerava o brilho, a vaidade, como perdição da alma.

Genealogia

Ao pensar no livro, me veio à cabeça minha genealogia. O fundador da família teria sido Damião Cubas, tanoeiro e lavrador. Vivendo na obscuridade, deixou bons recursos a seu único filho, Luís Cubas, que estudou em Coimbra e foi amigo do vice-rei conde da Cunha.

Meu pai, dono de poderosa imaginação, contava que seu bisavô ganhara o apelido por causa do herói das guerras na África, quando os nativos lutaram contra os mouros. Em outras ocasiões, mencionava o capitão-mor Brás Cubas como seu mais ilustre antepassado, fundador da vila de São Vicente, o que não era verdade.

Ainda que megalômano – e quem não o é um pouco? –, considerava meu velho bom caráter, digno e leal. Quando se punha a falar dos parentes, traçava quadros da mais alta nobreza, nos quais não faltavam rainhas, reis, condes e condessas. Nesses momentos de inspiração, o patriarca reaparecia como tanoeiro, mas não de modestas pipas e barricas. Encarregara-se da montagem de enormes tonéis de carvalho, em requintados castelos, cada um deles podendo guardar até dez mil litros do melhor vinho. Difícil era determinar em que corte Damião realizara semelhantes prodígios.

A ideia fixa

Lendo, como sempre fazia, um dos volumes da *Coleção hipocrática*[1], só conseguia pensar no emplasto. Em que momento, de capital importância, poderia ser difundido? Preocupado com a fama e pouco afeito ao estudo das essências para produção da droga, descuidei-me até mesmo do corpo, que terminou atingido pelo fatídico golpe de ar.

Empolgado com a ideia do produto que, estava certo, alcançaria grande aceitação nas farmácias, esqueci de tratar-me. A gripe se instalou, sobreveio a febre, depois a tosse, e eu pouco me incomodando. Não seria uma correntezinha de ar que me derrubaria, justo no momento em que ia produzir a panaceia universal.

Entre o descaso e a pertinácia da doença, desenvolveu-se o que imagino tenha sido pneumonia dupla. Preso ao leito, meu *hobby* se resumia a pensar na comercialização do emplasto, enquanto ouvia a conversa de um conhecido que me visitava quase todos os dias e falava sempre das mesmas coisas: a oscilação do câmbio, os problemas políticos, a necessidade de o país desenvolver o transporte ferroviário.

Foi em uma dessas falações, que em nada contribuía para a minha autoestima de paciente, que apareceu Virgília, cinquenta anos, antiga paixão. Trajava-se de preto e se manteve de pé, enquanto eu pensava nos nossos loucos encontros da juventude. Tinha a beleza da velhice, um ar austero e maternal, os cabelos intercalados de fios de prata.

– Visitando os defuntos?

– Ora, defuntos! – disse, apertando-me as mãos. – Pelo que vejo, muito em breve estará recuperado.

---

1 *Coleção hipocrática*. Obras do médico grego Hipócrates (*c.* 460-*c.* 377 a.C.), considerado o pai da medicina. A coleção se compõe de setenta livros que tratam de todos os aspectos da medicina antiga.

Colocou-me a par dos acontecimentos na cidade, mencionou amigos comuns, falou-me do que faziam ou deixavam de fazer, sorriu. Por entender que estava mais pra lá do que pra cá, sentia prazer satânico em debochar de quase tudo o que ela dizia.

– Tira da cabeça essa ideia de morte, homem. Seu estado geral me parece muito bom!

Olhou o relógio, mostrou-se preocupada. Precisava ir.

– Amanhã ou depois voltarei. Quero encontrá-lo bem animado.

Sempre ironizando, tratei de adverti-la quanto à segunda visita. Afinal, eu era solteirão, tinha a companhia de um enfermeiro. Não ficaria bem a uma senhora meter-se naquela casa com dois homens, embora um deles estivesse para bater as botas.

Virgília deu de ombros:

– Tolice!... Estou velha. Ninguém mais repara em mim. Por via das dúvidas, trarei o Nhonhô.

Dois dias depois, reapareceu acompanhada pelo rapaz, que falava com desembaraço. Eu me mantinha calado, na humilde condição de enfermo. Virgília procurou desanuviar o ambiente:

– Não pense, Nhonhô, que esse grande manhoso se manteve sempre quieto, como agora o vê. Quer nos fazer acreditar que, em breve, deixará nosso convívio.

Pusemo-nos a rir. Impossível não achar graça na conversa surrealista que, de certa forma, dava início ao meu delírio.

O delírio

Na condição de delirante, imaginei-me barbeiro chinês, escanhoando um mandarim. Depois, transformei-me em um volume encadernado da *Suma teológica* de São Tomás, vi-me montado no hipopótamo que corria velozmente para a origem dos séculos.

– Onde estamos?
– Já passamos o Éden – respondeu o paquiderme.

A partir desse momento comecei a me preocupar. E se os séculos, irritados com a devassa da sua origem, resolvessem esmagar-me entre as unhas que, também, deveriam ser seculares? Tão preocupante quanto isso só a calma da região que atravessávamos. Silêncio sepulcral, de onde saiu a mulher imensa, cujos contornos não conseguia divisar, pois se confundiam com a paisagem.

Fiquei de tal forma espantado que, agarrando-me como podia no dorso do animal, penetrei numa outra dimensão, sem conseguir passar pela mulher, que ocupava todo o vale. Aproximou o rosto, mandou que a chamasse Natureza ou Pandora[2]. Disse ser minha mãe e inimiga. Percebendo meu espanto, soltou uma gargalhada, com efeito de tufão. Levantou poeira, fez com que as árvores vergassem, açoitadas pelo vendaval.

– Não te assustes! – recomendou. – Minha inimizade não mata. Faz viver!

Animado com essas palavras, que estrondavam no espaço, e sem que Pandora pudesse perceber, enterrei as unhas nas mãos, a fim de certificar-me de estar acordado, de que aquilo não era um sonho.

---

2 *Pandora*. Na mitologia grega, a primeira mulher. Recebeu dos deuses uma caixa, com a recomendação de que nunca a abrisse. Ela não resistiu à tentação e abriu-a, libertando todos os males. No fundo da caixa ficou apenas a esperança.

– Vives, agora que ensandeceste, para que possas, por mais algumas horas, comer o pão da dor e beber o vinho da miséria.

Ao dizer isso segurou-me pelos cabelos, ergueu-me no ar e, então, pude ver-lhe o rosto por inteiro. Para minha surpresa, nada mais tranquilo. Nenhuma conotação de violência, ódio ou ferocidade. Pareceu-me um rosto dominado pela impassibilidade.

– Ouviu bem o que eu disse? – insistiu. – Vives. Tua sina é o sofrimento!

Impacientei-me por estar pendurado, imaginei-me uma bactéria igual às que haviam invadido meus brônquios e punhões.

– A Natureza que conheço é mãe, não é inimiga. E por que a maluquice de se dizer Pandora? – indaguei irritado.

– Pandora leva na bolsa os bens e os males. Entre eles, a esperança, a que tanto te agarras. Sou a vida e sou a morte. E tu estás prestes a devolver-me o que te emprestei. A voluptuosidade do nada se confundirá contigo.

Novamente, a terra estremeceu com o ribombar dos trovões. Aterrorizado, pedi-lhe mais alguns anos para tomar o vinho da miséria e comer do pão que o Diabo amassou.

– Por que imploras por tão pouco?

Ainda que balançando de um lado para o outro, como se estivesse na forca, concentrei-me na resposta convincente.

– Foi contigo que aprendi a amar a vida. Matando-me, morres um pouco, também!

– Palavras bonitas não me sensibilizam. Meu egoísmo, que animou bastante tua vidinha, é parte importante do estatuto universal. A onça mata o novilho porque, no seu raciocínio, ela é que deve viver. O egoísmo é a lei que move o mundo.

Natureza colocou-me no pico da montanha mais alta. Pude ver, como se estivesse no camarote de um teatro, o drama humano em toda sua extensão, ao mesmo tempo que os séculos desfilavam num turbilhão, entre flagelos e delícias. A dor e o ódio se encrespavam como as ondas nos mares.

O homem – pobre homem –, animado pela ilusão, perseguia a Felicidade como um louco. Diante de tanto clamor, tive vontade de rir. Natureza manteve-se séria.

– Tens razão – disse-lhe. – A loucura é grande, o amor é um frágil lírio no vulcão da crueldade. Faz com que eu volte a teu ventre. Estou envergonhado de pertencer à espécie que ignora o milagre da vida e trava a guerra fratricida, sem entender dos desígnios da morte.

Pandora manteve-se calada. Apenas me fez olhar para baixo, a fim de que continuasse a ver os séculos que passavam, velozes e turbulentos. Redobrei minha atenção, fiquei esperando pelo último, que seria o meu. Mas, a essa altura, era tal a rapidez que pessoas, animais e objetos se embaralhavam e, confusos, escapavam à compreensão. Uns cresciam muito, outros diminuíam, perdendo-se no nevoeiro que convertia o bulício da vida e seus ruídos no mais profundo silêncio.

O hipopótamo que me trouxera até ali também diminuía e, diminuído, tornou-se semelhante a um gato. Não tive dúvida: tratava-se do meu angorá Sultão, que brincava com a bola de papel na porta do quarto, como se quisesse me distrair dos malefícios da doença, enquanto eu pensava no emplasto balsâmico, necessário aos menos doentes que eu; era o roto com pretensões de ser alfaiate do esfarrapado.

Naquele dia

A cabeça oca de um enfermo só serve, mesmo, para contabilizar as pílulas que engole, as injeções que toma, as refeições sem sal e sem gordura que é obrigado a ingerir. Permaneci semanas e mais semanas de cama, curtindo a maldita doença, ao mesmo tempo que me lembrava de coisas remotas, como o dia em que nasci, a 20 de outubro de 1805.

Lavado e apertado nos cueiros, virei o herói da casa. Os amigos de meu pai prognosticavam a meu respeito. Tio João, antigo oficial de infantaria, achava-me com um certo olhar de Bonaparte, enquanto o tio Ildefonso, simples padre, imaginava-me com jeito de cônego. O pai, prudente, respondia que eu seria o que Deus quisesse e erguia-me na palma da mão, como se desejasse mostrar-me a cidade e o mundo.

No ano seguinte, em concorrida festa, houve a cerimônia de batismo, na igreja de São Domingos.

Tempos depois, como demonstrasse facilidade para memorizar, o pai costumava pedir-me que dissesse o nome das pessoas que nos visitavam. Não me fazia de rogado:

– Meu padrinho é o excelentíssimo senhor coronel Paulo Vaz Lobo César de Andrade e Sousa Rodrigues de Matos. Minha madrinha é a excelentíssima senhora dona Maria Luísa de Macedo Resende e Sousa Rodrigues de Matos.

Quando terminava, curvava-me como um concertista perante a plateia.

– Que menino mais esperto! – exclamavam os ouvintes.

Embora não soubesse a partir de que mês começara a andar, sabia que nisso, também, demonstrara talento e precoce determinação. Agarrava-me nas cadeiras ou no que fosse e, sob os cuidados da babá, tratava de ir em frente, a fim de pegar o chocalho de lata que a mãe sacudia. Caía aqui e acolá, mas me levantava e seguia adiante.

O menino é pai do homem

Disse o poeta que o menino é pai do homem. Se isso é verdade ou não, fica difícil comprovar, pois o que mais ressaltava na minha meninice era o lado de "garoto diabo", meu apelido. Entre as muitas peripécias, pelo menos duas são inesquecíveis.

Certo dia quebrei a cabeça de uma escrava, porque desejava comer doce quente. A negra recusou-se a atender-me, alegando que teria dor de barriga. Mas a perversidade não parou por aí. Enchi a mão de cinzas, joguei no tacho. À mãe, disse que a escrava estragara o doce, de propósito. Essa obra, da mais pura intriga, eu a concebia, com extraordinário talento, aos seis anos de idade.

Outro estranho capricho: Prudêncio, o moleque da casa, igualmente negro, era meu cavalo de todos os dias. Punha-se de quatro, eu amarrava-lhe um barbante nos queixos, como se fosse rédea, montava e, com uma varinha, fustigava "o animal", além de apertar-lhe as esporas. Se Prudêncio reclamava, eu ficava furioso:

– Cala a boca, sua besta! Cavalo não fala.

Quando esquecia de transformar o crioulinho em objeto de minhas brincadeiras, escondia os chapéus dos visitantes e metia-me por trás de uma cortina, de onde apreciava o nervosismo do pai, tentando localizá-los.

Não se conclua, porém, que eu tenha passado a vida a quebrar cabeças de escravas, a montar em negrinhos, a esconder chapéus. Algumas vezes, tive a petulância de também puxar o rabicho de cabeleiras respeitáveis, o que fazia a mãe entrar em pânico, temendo que o pai soubesse de semelhante peraltice.

Com feições de anjo e artimanhas de capeta, fui educado por uma mulher piedosa, de bom coração, crédula, bonita e abastada, embora modesta. O marido era, na Terra, o seu deus.

De manhã, antes do mingau, e de noite, antes da cama, pedia aos santos que me perdoassem, jurando perdoar a meus devedores. Mas, entre a manhã e a noite, pintava e bordava. Tornei-me o pavor dos escravos e até da vizinhança, que nunca reclamava do aprendiz de demônio.

O tio cônego fazia o que muitos não conseguiam: criticava meus pais, dizendo-lhes que me davam mais liberdade que ensino, mais afeição que palmadas e puxões de orelha. Já o tio João era diferente. Não respeitava minha adolescência nem a batina do irmão. No momento em que começava a contar suas piadas, repletas de obscenidades, o prelado tratava de escapulir. Com o passar dos tempos, eu é que procurava tio João, para as narrativas pornográficas, embora fosse um menino de doze anos. Se não o encontrava nas dependências da casa, ia direto ao local em que as escravas lavavam roupa. E lá estava ele, animado, fazendo brincadeiras promíscuas com as mulheres, que riam e diziam em altos brados:

– Cruz, diabo!... Esse sinhô João não é gente!...

Meu tio cônego, imagem da austeridade e da pureza, tinha absoluto respeito pela hierarquia da Igreja. Mas, espírito medíocre, nem sempre conseguia ver o lado substancial da religião, preocupando-se ao extremo com as preeminências, as sobrepelizes, as circunflexões. Do seu ponto de vista, a sacristia se colocava antes do altar. Severo nos costumes e minucioso na observância das regras, faltava-lhe liderança para incutir nos outros a fé na obra sagrada, em que se gastavam os sacerdotes.

Tia Emerenciana, irmã da minha mãe, convivera muito pouco com a família. No máximo dois anos. Que mulher! Coerência, compreensão, responsabilidade. Com ela eu "comia fogo"; vivia no cabresto curto. Ao mesmo tempo dava-me provas do amor desinteressado e da solidariedade. Graças a esse breve relacionamento, passei a sentir-me uma flor de lótus, que desabrochara no estrume mais diversificado da chácara do Catumbi.

Um episódio de 1814

Em compensação, aos nove anos, terminei envolvido em um caso bem curioso. Desses que suscitam alardes e sinonimizam com o escândalo. E, o que é pior, esse fora meu desejo. Meu perverso desejo.

Corria o ano de 1814 e o imperador Napoleão sofria sua primeira queda. Fora obrigado a renunciar à coroa, sendo exilado na ilha de Elba. O fato repercutiu lá em casa, onde era admirado e criticado. Meu tio João, militar, perdoava-lhe o autoritarismo e as atrocidades; meu tio padre criticava-o com veemência, e as discussões se estendiam pela noite adentro.

Nas ruas, pouco informado, o povo promovia manifestações de afeto à família real. Houve *Te Deum*[3], cortejo e aclamações. Eu exibia meu espadim novo, presente de tio João, pouco me incomodando com as atribulações de Bonaparte. E ainda hoje, mesmo aqui no mundo dos mortos, continuo achando que nosso espadim é sempre maior que o de Napoleão.

Meu pai, com seus sonhos de nobreza, mas sem se envolver nas discussões de meus tios, tinha lá suas ideias a respeito da destituição do imperador. Por isso, resolveu promover um jantar, que bem poderia ser de solidariedade ou de regozijo. Os criados desceram a velha prataria, herdada de meu avô Luís Cubas.

As toalhas de Flandres foram tiradas dos armários; as grandes jarras da Índia, limpas e cheias de flores, perfilavam-se estrategicamente nos cantos do salão e da varanda, com novas e vaporosas cortinas; poliram-se os castiçais, esfregaram-se os candeeiros, lustraram-se os degraus das escadas de madeira e às madres do convento da Ajuda encomendaram-se compotas e marmeladas, ao mesmo tempo que meu pai determinava a morte de alguns perus e dois dos mais gordos porcos do chiqueiro.

Na tarde do banquete, reuniu-se lá em casa a nata da sociedade: o juiz, três ou quatro oficiais militares, alguns comerciantes e intelectuais, vários funcionários da administração, uns com suas mulheres e filhas, todos comungando do desejo de sepultar a memória de Napoleão no papo de um peru.

---

[3] *Te Deum*. Cântico da igreja católica, em ação de graças, que principia com as palavras latinas *Te Deum laudamus* ("Senhor, nós te louvamos").

Segundo o doutor Vilaça, poeta e improvisador emérito, o encontro mais parecia um *Te Deum*. Daí ter se sentido tão à vontade para pedir motes às senhoras e disparar nas suas improvisações, sempre bem-humoradas. Uma dama resolveu elogiá-lo. Vilaça, bancando o modesto, respondeu que o texto admirável era do Bocage e acrescentou:

– Aquilo sim! Que facilidade! Tivemos desafios de duas horas, no botequim do Nicola, a versejar entre aplausos e elogios. Imenso talento o do Bocage! Era o que me dizia, há dias, a duquesa de Cadaval...

As três últimas palavras do poeta, expressas com muita ênfase, produziram na distinta plateia admiração e pasmo. O homem tão dado, tão simples, além de ombrear-se aos grandes versejadores, mantinha intimidade com personalidades ilustres, como era o caso da duquesa de Cadaval. As senhoras e suas filhas sentiam-se ainda mais vaidosas de estarem em contato com tão renomado intelectual, enquanto muitos dos homens o invejavam, pois em Vilaça a natureza concentrara beleza, elegância, inteligência, sensibilidade e espírito juvenil.

Na hora da sobremesa, lembro-me bem, os convidados de meu pai já nem estavam interessados nos doces caseiros. As moças falavam das modinhas que estudavam nos cravos, enquanto um negociante dizia a seu conhecido estar para receber pelo menos cento e vinte escravos, todos eles procedentes de Luanda.

Nesse momento, voltava a escutar os risos do doutor Vilaça, que batia as mãos, alegre e seguro de seus movimentos, como um protagonista em peça bem dirigida. Resultado: por causa do novo improviso, fiquei fazendo sinais a meu pai, a fim de que me passasse a compota de ameixas, e nada. Esperneei, dei murros na mesa, gritei. Fiz um escândalo. Fui recriminado. Tia Emerenciana arrancou-me da cadeira, entregou-me aos cuidados de uma escrava.

Doutor Vilaça parecia de tal forma inebriado com suas palavras que nem percebeu meus instantes de constrangimento. Prometi vingar-me. Já não me contentava em colocar rabos de papel nas visitas nem em puxar os rabichos das nobres cabeleiras. O poeta merecia coisa especial.

Passei a segui-lo durante o resto da tarde. Em dado instante o surpreendi conversando com Eusébia, irmã do sargento-mor Domingues, robusta e simpática, um certo ar de aborrecimento. Escutei a conversa deles:

– Estou zangada com o senhor.
– Por quê?
– Porque... não sei por quê... porque é a minha sina... creio às vezes que é melhor morrer...

Penetraram por trás de uns arbustos, quando a tarde começava a cair. Vilaça procurava ser carinhoso com Eusébia.

– Me larga! – disse ela.
– Ninguém está nos vendo, meu anjo!... Que ideia é essa de querer morrer? Se você morre, morrerei também!...

Espichei-me o quanto pude, a fim de espiá-los. Vi doutor Vilaça puxar Eusébia pela cintura e beijá-la na boca. Aí, comecei a berrar:

– Doutor Vilaça deu um beijo em dona Eusébia!... Doutor Vilaça está beijando dona Eusébia!... Venham ver!... Doutor Vilaça...

Corria pela chácara, divulgando o beijo. Minhas palavras causaram espanto. Os homens entreolhavam-se, alguns sorriam. As mulheres cochichavam e puxavam as filhas para dentro da casa, alegando que o sereno começara a cair. Meu pai, disfarçadamente, esticou-me as orelhas e eu nem senti tanta dor, impressionado que estava com o resultado de minha denúncia. Não comi a compota, nem doutor Vilaça conseguiu dar o segundo beijo em Eusébia.

Um salto

Às minhas peraltices de garoto, em casa, pela chácara e adjacências, costumava juntar as lembranças da escola, com seu dia a dia enfadonho, o pobre do professor Ludugero Barata querendo me ensinar a ler e a escrever e eu com a cabeça nas vadiações. Mas, se temia o mestre, não o encarava com ódio. Pelo contrário, daqui de onde estou, ainda o vejo na sala, com suas chinelas e lenço na mão, a grunhir comigo e com os colegas. Durante vinte e três anos, calado e obscuro, metido na sua casinha da rua do Piolho, tentou abrir-nos as portas do mundo a que não teve acesso. Um dia mergulhou nas trevas e ninguém lamentou sua morte, nem eu que a ele fiquei devendo os rudimentos da escrita.

Passei a estimular as peraltices do amiguinho Quincas Borba, um encapetado, com grande poder de criação em matéria de perversidade. Era levado à escola por um escravo, a quem sua mãe viúva fazia as maiores recomendações. Mas este, coitado, dominado por Quincas, permitia que fizéssemos gazeta, a fim de caçarmos passarinhos e lagartixas nos morros do Livramento e da Conceição.

Quincas Borba, muito mais que eu, tinha mania de ser o mandachuva em um reino qualquer por aí, fosse na Europa ou no Oriente. Precisavam ver como ficava bem no papel de imperador, durante as festas do Divino Espírito Santo. Quem diria que... Cala-te boca! Interrompo a narrativa, a fim de não botar o carro na frente dos bois. Primeiro, falarei do meu cativeiro pessoal, justo no ano de 1822, data da nossa independência política!

O primeiro beijo

Tinha dezessete anos e muito me preocupava com o nascente bigode, pois meu desejo era apressar a passagem do estágio de jovem para adulto. Olhava-me ao espelho, arrumava os cabelos, espremia as espinhas. Embora ainda adolescente, já me achava com cara de homem e entrava na vida de botas, esporas e chicote na mão, montado em um cavalo nervoso, capaz de saltar obstáculos, sempre atendendo à minha vontade.

Foi por essa época, de tanto entusiasmo, que ouvi falar na espanhola Marcela, filha de um horteleiro das Astúrias, segundo ela própria me informara, embora houvesse uma outra versão a respeito da identidade de seu pai. Seria um letrado de Madri, que se envolvera na política e, por isso, vítima da invasão francesa, fora ferido, encarcerado e fuzilado quando a menina estava com apenas doze anos.

Marcela não se parecia com as moças que eu conhecia. Era esperta, ágil, extrovertida, ignorava os códigos de postura feminina. E naquele ano, lembro-me bem, morria de amores por um tal Xavier, sujeitinho tísico, sempre a tossir, porém abastado, inteligente e galanteador.

Aproximei-me dela, pela primeira vez, no Rossio Grande. A noite era de festas comemorativas da declaração da nossa independência – o amanhecer da alma pública. Nesse exato momento, de tanto vigor cívico, escutei uma doce voz dizer a seu criado:

– Segue-me!

Olhei-a e me deslumbrei com sua beleza. Tratei de acompanhá-la, adiantando-me ao escravo. Pôs-se a rir. Coincidentemente, três dias depois meu tio João perguntou-me se desejava ir a uma ceia de moças, no bairro dos Cajueiros. Fomos tão logo anoiteceu. A casa pertencia à espanhola. Na cabeceira da mesa, com todos os seus bacilos, estava Xavier, pontificando.

Eu quase nada comi. Só tinha olhos para a garota. Quanto mais a admirava, mais bebia do bom vinho que era servido. À saída, pedi a meu tio que esperasse.

– Esqueceu alguma coisa? – perguntou Marcela de pé no patamar.

Respondi que meu lenço havia caído. Ela se dispôs a procurar comigo, quando a surpreendi com um beijo. Sem esperar que se refizesse do susto e do atrevimento, desci as escadas, veloz como um assaltante e incerto como um ébrio.

Marcela

Gastei trinta dias para ir do Rossio Grande ao coração de Marcela. Xavier ainda insistia em bancar meu rival. Quando a credulidade não pôde mais resistir à evidência, o tísico desapareceu de cena e eu fiquei como o único amante da encantadora jovem; ou havia outro e eu não sabia?...

Vivi um período de amor intenso e intensa preocupação financeira. Por mais dinheiro que reunisse, sempre pedindo ao pai e, às vezes, até mesmo à minha mãe, nunca era suficiente para adquirir as joias que Marcela admirava. E, o que me deixava em permanente confusão, ela não exigia nada. Apenas dizia, com marcada indiferença, ter visto o colar de pérolas na joalheria tal, exatamente como imaginara em sonho; ou que encontrara com uma amiga, que trouxera da Europa uma pulseira tão encantadora, que não parecia objeto feito por mãos humanas. E lá ia eu, à procura das peças raras, a fim de presenteá-la.

Muitas vezes, diante das joias que lhe punha nas mãos, mostrava-se preocupada com meu sacrifício e não queria aceitá-las. Eu é que procurava convencê-la de que só me sentiria feliz vendo-a usar os caros *recuerdos*.

Um dia, durante nossas conversas, em confortável sofá, eis que procurou desembaraçar, de entre os seios, uma linda cruz de ouro, presa a uma fita azul. Explicou, como que traída pelas forças do passado, que fora presente do alferes Duarte, nos dois anos em que se amaram.

– Você disse, anteriormente, que tinha sido presente de seu pai, ao ser levado para a prisão!

Sorriu, chamou-me de *chiquito*, censurou-me por ainda não entender quando falava a verdade, quando mentia. Confirmou ter amado a outro, mas a paixão se acabara, como um dia a nossa terminaria.

– Não diga isso!

Marcela continuou afirmando que tudo tinha fim e pôs-se a chorar, ao mesmo tempo que segurava minhas mãos.

– Gosto tanto de você!

No dia seguinte lá estava eu procurando em todas as joalherias pelo novo colar. Custei, mas acabei localizando-o. A dificuldade foi quanto ao preço. Recorri a meu pai, que, por sua vez, recorreu ao banco. Ao entregá-lo, Marcela recriminou-me pela extravagância. Insisti que o aceitasse e coloquei-o em seu pescoço.

– Sabia que esta joia é o símbolo da paixão?

Dizendo isso tornou a rir e olhou-me nos olhos, convidando-me a partilhar da sua dúvida, nunca de sua decisão.

Do trapézio e outras coisas

Marcela amou-me durante quinze meses e onze contos de réis. Meu pai sobressaltou-se. Logo percebeu que o caso excedia as raias de um capricho juvenil.

– Desta vez – disse ele – vais para a Europa, cursar uma universidade, provavelmente Coimbra. Quero-te um homem sério e não um gatuno!

Diante do meu espanto, reafirmou:

– Não é outra coisa um filho que me faz isto!...

E exibiu as promissórias, já resgatadas por ele, sacudindo-as na minha cara.

– Pensas que ganho dinheiro fácil, em jogatinas ou a vadiar pelas ruas?

Voltei à casa da espanhola. Era necessário colocá-la a par da situação, da ideia de ser mandado para estudar na Europa. E se me acompanhasse?

– Não posso! – disse-me ela. – Não conseguiria respirar aqueles ares, lembrando de meu pai, morto por Napoleão!...

– Qual deles? – indaguei, procurando feri-la. – O horteleiro ou o intelectual?

Percebendo minha intenção, Marcela franziu a testa, cantarolou, mandou que a empregada trouxesse refresco. Esta apareceu, com uma bandeja de prata, parte dos meus onze contos de réis. Ofereceu-me um copo que recusei com um golpe de mão. A bebida derramou, a bandeja caiu com os copos, a mulher correu assustada. Abri meu coração. Disse-lhe que não me amava. Chamei-a de monstro, insultei-a com os piores palavrões e ela sentada, a tamborilar as unhas nos dentes. Imaginei estrangulá-la, humilhá-la, obrigando-a a arrastar-se a meus pés, mas, quando me dei conta, quem estava rastejando era eu.

– Não me aborreça! – disse erguendo-se e fechando-se no seu quarto.

Bati na porta desesperadamente, gritei, implorei, a empregada voltou a espiar-me. Saí desatinado. Perambulei por ruas desertas, mastigando meu desespero. Em certos momentos, acreditava viver um pesadelo que logo passaria. Marcela me amava. Nosso amor tinha raízes. Não se comparava com o que sentira pelo alferes Duarte. Foi aí que tive a ideia salvadora, verdadeiro trapézio dos meus pecados. Coisa que, mais tarde, se assemelharia à minha fixação pelo emplasto milagroso.

Da maneira mais sórdida possível e valendo-me do prestígio de meu pai, abri uma conta na joalheria sofisticada que expunha na vitrine o pente de marfim, com três diamantes encastoados. Mandei botar na caixa, corri para junto de Marcela.
– Venha comigo! – disse. – Posso comprar outros presentes como esse para você!
– Doido. Te amo porque és doido ! – comentou, num resmungo.
– Viaja comigo? – insisti.
Marcela refletiu um instante, olhando os diamantes.
– Quando embarcamos?
– Daqui a dois ou três dias.
– Pode estar certo que irei.
Agradeci-lhe de joelhos, ela sorriu e foi guardar a joia, enquanto eu descia a escada em alvoroço, como um garoto.

Surpresa

No fim da escada, ao fundo do corredor, sentindo-me confuso com tantas ideias contraditórias, parei para me reorganizar mentalmente. Estava feliz com a viagem ao lado de Marcela; seria uma espécie de lua de mel, sem que tivesse havido a mortificante cerimônia do casamento. Pensei na garota admirando os diamantes e refletindo sobre nossa convivência. Vi o quanto era bela; tão bela como da primeira vez em que a encontrei, no Rossio Grande. Ao olhar para a porta, avistei um homem protegido por longa capa e um outro com blusão de zuarte[4]. Na carruagem que os trazia, porta entreaberta, estava um padre.

---

4 *Zuarte*. Tecido de algodão encorpado, rústico; sempre azul, preto ou vermelho.

Desse podia ver apenas uma parte da batina. Confesso que em princípio de nada desconfiei. Pensava unicamente na longa viagem que faria com a mulher da minha vida.

Quando cheguei à calçada, os desconhecidos vieram ao meu encontro e, por trás deles, meu pai. Da carruagem saiu meu tio cônego. Pegaram-me pelos braços, arrastaram-me. Em menos de meia hora estava na casa do intendente de polícia e meu destino mudara. Fui conduzido ao cais do porto e metido no navio cargueiro que seguiria rumo a Lisboa. Meu corpo inteiro doía, de tanto que me esforcei, tentando escapar aos brutamontes. Lá muito longe, a cidade desaparecendo no horizonte, uma ideia fixa me acompanhava: atirar-me ao mar, gritando o nome de Marcela.

A bordo

Como que instruído pelo velho Cubas e pelo intendente de polícia, o capitão fiscalizava meus movimentos. Somente me sentia livre da sua presença nos momentos em que ia a seu camarote cuidar da esposa tuberculosa. A pobre senhora, magrinha e pálida, poderia morrer a qualquer momento. Ainda assim, com suaves e pausadas palavras, prometeu que me mostraria Lisboa; os lugares mais bonitos, onde havia as quintas com suas plantações de hortaliças. Isso me fez desistir do projeto de suicídio.

Uma noite, após mais uma de minhas visitas à esposa do capitão, retornei ao tombadilho e vi que ele enxugava discretamente os olhos. Perguntou se me incomodava que recitasse alguns poemas. Sacudi os ombros, indiferente, e ele se pôs a dizer versos de "pés-quebrados"[5]. Depois, cansado de sua poética, olhou as lonjuras do Atlântico. As águas se encrespavam.

Perguntei a respeito do tempo. Garantiu-me que a viagem seguiria tranquila. Mas, antes do amanhecer, eis a surpresa. As pequenas ondas do final da tarde transformaram-se em colossais vagalhões, os ventos sopraram com a força de um furacão, a chuva caiu abundante e fria, o pequeno navio adernava, a mulher doente tossia, o capitão segurava firme a roda do leme, enquanto os membros da tripulação movimentavam-se, principalmente na casa de máquinas, já parcialmente alagada. E eu, que acalentara o projeto de atirar-me ao mar, quem diria, tive medo da morte quando esta mostrou-me a face enregelada no convés, os longos cabelos alvoroçados na fúria da tempestade.

---

5 *Verso de pé-quebrado*. É o verso com a rima errada ou malfeito.

Ao sairmos da zona de turbulência, a mulher do capitão se fora. Não resistira ao vendaval. Realizou-se a dolorosa cerimônia dos mortos em alto-mar. Solenemente, o corpo fora colocado sobre uma plataforma de madeira, a tripulação se manteve perfilada, o comandante abriu a Bíblia, leu um Salmo, o caixão foi lançado. A vaga abriu-se e fechou. Uma leve ruga no oceano. A embarcação seguiu, deixando uma esteira de espumas sobre as águas.

Por instantes me detive olhando o ponto em que o caixão sumira, com a senhora de rosto sereno que prometera mostrar-me os lugares mais bonitos de Lisboa. A quantos metros de profundidade ela estaria, nas quintas e chácaras do Atlântico? O capitão, igualmente debruçado no tombadilho, recitou seu pior verso:

– Pobre Leocádia!... Um cadáver... o mar... o céu... o navio!...

O bacharel

Em Coimbra, na pensão com os colegas todos de famílias abastadas, dei-me conta daquilo que os viventes chamam poder e glória. Se estudasse, como desejava meu pai, se me formasse doutor em leis, seria guindado a posições invejáveis na sociedade, e muitas mulheres, quem sabe até mais bonitas que Marcela, se apaixonariam por mim. Por que, então, continuar preocupado com ela, se as portas da fama se abririam e eu percorreria um mundo novo?

Dediquei-me aos estudos, embora dividindo o tempo com as farras, os passeios, as divagações. Obviamente, não era um bom aluno. Mas, pela assiduidade que demonstrava, terminaria ganhando o diploma para atestar meus conhecimentos; isto é: haveria um pergaminho confirmando meu grau de sabedoria.

No dia em que a universidade me conferiu o grau de bacharel, confesso que fiquei envergonhado. Mas, esta a verdade, o diploma funcionava como carta de alforria, com algumas preocupações, pois, se me dava liberdade, submetia-me à virtude da responsabilidade.

A festa de formatura foi um acontecimento tão importante que, em nenhum instante, lembrei-me de Marcela. Meu pai estava certo. Tantos caminhos a trilhar e eu insistindo em me prender nas algemas do primeiro amor. Que loucura! Com tais pensamentos e sentindo-me pronto a enfrentar uma nova fase na vida, deixei as margens do Mondego, voltei à casa paterna. Saudades? Só das farras com os companheiros universitários.

O carroceiro

Na viagem de volta, um único tropeço: o jumento que resolvi alugar, para chegar mais depressa a casa, derrubou-me da sela. Meu pé esquerdo ficou preso no estribo. Enquanto o animal pulava, eu me debatia. Fui salvo por um carroceiro.

Respirei aliviado, sacudi a poeira da roupa e, olhando o homem que ajustava de novo a sela no animal, pensei em gratificá-lo por ter salvo minha vida. Quase que meu saber jurídico vai por água abaixo. Não tinha preço o que havia feito. Meti a mão no bolso, os dedos tocaram em diversas moedas, até localizarem, pelo tato, as que eram de ouro. Possuía cinco delas. Não custava oferecer-lhe três.

Como ele estivesse entretido com os arreios e até conversasse com o jerico, aconselhando-o a não praticar outra peraltice, tive tempo para refletir melhor e decidi ser prudente em matéria de gastos. Ofereceria duas moedas de ouro. Afinal, para um simples trabalhador, seria dinheiro à beça. Em um mês de árduos serviços não ganharia tanto. E por que duas, se apenas uma seria suficiente para contentá-lo?

Aproximei-me do meu benfeitor, agradeci sua gentileza e habilidade, tirei a moeda do bolso, que brilhou à luz do sol, e o pobre-diabo mostrou-se todo animado. No exato instante em que o gratificava, descobri que se tratava de um cruzado em prata. Que pessoa de pouca sorte, meu Deus! Agora, seria impossível recuar.

Olhei para trás, o homenzinho se desdobrava em cortesias, com evidentes mostras de contentamento. Voltei a meter os dedos no bolso, senti umas moedas de cobre. Eram os vinténs que eu deveria ter oferecido. Fiquei desconsolado. Chamei-me de pródigo, lembrando das minhas dissipações antigas.

O filho pródigo

Após quase nove anos ausente de casa, emocionou-me ver o lugar da minha infância, a rua, a torre, o chafariz da esquina, a mulher de mantilha, as coisas e cenas da meninice. O espírito, como um pássaro, arrepiou voo na direção da fonte original, foi beber da água fresca e pura, ainda não mesclada das impurezas da vida. Meu pai abraçou-me chorando.

– Tua mãe está desenganada pelos médicos!

Já não era o reumatismo que a matava. Tinha câncer no estômago; padecia da doença cruel que nenhuma droga conseguia deter. Minha irmã Sabina, já então casada com o Cotrim, caía de fadiga. Dormia três horas por noite. O próprio tio João estava triste, o mesmo acontecendo com dona Eusébia e algumas outras senhoras da vizinhança, que se desdobravam em dedicação.

– Meu filho!

A dor suspendeu um pouco as tenazes; um sorriso iluminou o rosto da mãe querida, já sem a beleza de quando parti para Coimbra. Ajoelhado ao pé da cama, com as mãos dela entre as minhas, fiquei mudo e quieto, tocado por sua agonia, que me causava estupefação. Pela primeira vez, via uma pessoa da família entre a vida e a morte. Lembrei-me da esposa tísica do capitão, tossindo na tempestade, seu corpo sendo lançado à solidão oceânica. Minha mãe adquirira magreza cadavérica semelhante; de nada adiantava segurar-lhe a mão, pois estava indo embora, por maiores que fossem os nossos cuidados. Sem chorar, mas com a garganta presa e a consciência conturbada, presenciei a tortura da criatura amada, nas garras da doença sem misericórdia; o duelo entre o ser e o não ser, a morte em ação, dolorida, convulsa, isenta de significado filosófico ou político – simplesmente, morte!

O desdém dos finados

A morte de minha mãe deixou-me prostrado. Justo eu, que era um compêndio de trivialidade e presunção. Jamais semelhante problema me ocupara; nunca, até esse dia, me debruçara sobre o abismo do inexplicável. E por que tamanha insensibilidade? Faltava-me o essencial, que é o estímulo, a vertigem... Na universidade decorei as fórmulas, o vocabulário, o esqueleto. Colhi de cada coisa a fraseologia, a casca, a ornamentação. Talvez minha espontaneidade espante o leitor, mas é oportuno adverti-lo de que a franqueza é a primeira virtude de um defunto.

Entre os vivos é contínua a luta das cobiças. Por isso, é comum usarem das máscaras, dos disfarces, da hipocrisia. Vencer, fazer sucesso, fingir-se feliz, eis o grande objetivo. No mundo dos mortos, que diferença! Que desabafo! Que liberdade! Confessamos, sem temer punições. Não há culpados nem inocentes. Não há vencidos nem vencedores. Não há parentes, vizinhos, amigos ou inimigos a nos recriminar e aplaudir. Não há plateia nem juízes. Não julgamos nem somos julgados. Não há temores. Senhores vivos, não há nada tão incomensurável como o desdém dos finados.

Na Tijuca

A missa de sétimo dia deixou-me profundamente triste. Coloquei umas peças de roupa na mala, alguns livros, uma caixa de charutos, e já estava a caminho do sítio de nossa propriedade, acompanhado por Prudêncio, quando meu pai, minha irmã Sabina e meu cunhado Cotrim tentaram impedir-me.

Argumentavam que minha mãe morrera cercada pelo carinho da família e dos amigos, na paz de Deus e dos santos. Não me conformava. Tinha o espírito atônito. Creio ter sido nessa oportunidade que comecei a me tornar um hipocondríaco; a sentir o prazer de ser triste e não dizer coisa nenhuma. Apertava ao peito a minha dor taciturna, com uma sensação única, uma coisa a que poderia chamar volúpia do aborrecimento.

Às vezes passeava pela mata, dormia, lia – lia muito –, outras vezes, enfim, não fazia nada; deixava-me contagiar pelas ideias dispersas. As horas se sucediam, o sol caía, as sombras da noite velavam a montanha e a cidade. Ninguém me visitava. Em absoluto silêncio, permaneci durante uma semana, tempo que considerei bastante para retornar ao bulício das ruas. Guardei na mala a hipocondria, meus pertences e, com eles, o eterno problema da vida e da morte.

Ao ver-me nessa arrumação, Prudêncio deu-me uma notícia curiosa: disse que uma pessoa do meu conhecimento acabara de mudar para a casa roxa, não muito distante da nossa. Tratava-se de Eusébia e da sua filha com Vilaça. Meu tio João, que adorava um fuxico, escrevera-me longa carta, contando em detalhes a relação dela com o poeta. Lembrei-me do beijo por trás dos arbustos, da minha perversidade em revelar a intimidade dos amantes.

– Nhonhô não vai visitar dona Eusébia?– insistiu Prudêncio. – Foi ela quem vestiu o corpo da minha defunta senhora!

Fez-me lembrar o que eu estava querendo esquecer. Apressei-me a rever Eusébia e conhecer sua filha. Mas o meu pai chegou antes.

– Olá, meu rapaz. Isto não é vida! Conforma-te com a vontade de Deus.

Almoçamos juntos. Nenhum de nós aludiu ao triste motivo da minha reclusão. Em dado momento, exibiu-me a carta que recebera de um dos regentes. Estava amarrotada, sinal de que fora lida inúmeras vezes para outras pessoas.

– Já fui agradecer a este sinal de consideração – disse ele – e tu deves ir também...

— Eu?
— Tu! O regente é uma pessoa notável que faz, hoje, as vezes do imperador. Esse tipo de relacionamento é oportuno e necessário. Tenho dois projetos: te eleger deputado e te casar.
— Não entendo nada de política. Quanto ao casamento... prefiro que me deixe viver como um urso, que sou.
— Mas os ursos casam-se.
— Pois traga-me uma ursa. A Ursa Maior? – disse eu brincando.
Meu pai sorriu e, tornando-se novamente sério, explicou:
— A moça é linda. Basta vê-la e tenho certeza de que logo desejarás pedi-la em casamento.

Enquanto ele falava, eu rabiscava um pedaço de papel, após ter feito muitas bolinhas com miolo de pão. Traçava uma frase, um verso, um nariz, um triângulo, repetia-os muitas vezes, sem ordem, ao acaso.

A
Arma virumque cano

Vir

                                        arma virumque cano
arma virumque
virumque

                                        arma virumque cano

                                                Virgílio
Virgílio Virgílio

                                                Virgílio

Um pouco despeitado com minha indiferença, meu pai ergueu-se, olhou o papel com meus garranchos.
– Virgílio! – exclamou. – Que coincidência, meu rapaz. Tua noiva chama-se Virgília!

Retrato sem retoque

Naquele tempo ela estava com quinze ou dezesseis anos. Era linda, atrevida e voluntariosa.
– Virgília, meu pateta, é um anjo sem asas. Viva como um azougue, e que olhos!... É filha do Dutra!...
– Que Dutra?
– O conselheiro; uma influência política. Vamos lá, aceitas?
Respondi estar disposto a examinar as duas coisas: a candidatura e o casamento, contanto que...
– Contanto quê?
– Não aceitarei as duas obrigações. Posso ser, separadamente, homem casado ou homem público!
– Tenho certeza de que ao ver a moça te modificarás. Além disso, é bom que saibas: noiva e parlamento são a mesma coisa. Não gastei dinheiro, cuidados, empenhos, para te ver nesse estado. Tens que brilhar. É preciso dar seguimento ao nosso nome, lustrá-lo. Os homens valem por diferentes modos. O mais seguro de todos é valer pela opinião dos outros. Não estragues as vantagens da tua posição.

O discurso de meu pai se estendia e estalava aos meus ouvidos como o chocalho que, em pequeno, minha mãe sacudia para que eu andasse depressa, sempre mais depressa. Curiosamente, já sexagenário e tocado pela vaidade, sonhava com o sucesso do emplasto Brás Cubas, panaceia para os hipocondríacos, trampolim que me jogaria nos braços da riqueza e da fama, não fosse aquele maldito golpe de ar. Mas voltemos a meu pai. Dispus-me a aceitar o casamento, Virgília e a câmara dos deputados.

– Desces comigo?
– Amanhã. Vou fazer uma visita a dona Eusébia...

Ele torceu o nariz e, sem nada dizer, foi embora.

Encontrei a amiga repreendendo o jardineiro. Ao ver-me sorriu, abriu os braços:

– Ora, o Brasinho! Quem diria! Um homenzarrão e bonito. Ainda se lembra de mim?

Disse-lhe que sim. Eusébia passou a falar de minha mãe com tanto carinho e saudade que novamente me emocionei. Pediu-me que contasse dos tempos de estudante em Coimbra, dos namoros com as portuguesinhas. Recordei-me do episódio de 1814. Ela e o Vilaça escondidos nos arbustos, o beijo, meu grito. Escuto, também, um ranger de porta e a menina que chama:

– Mamãe!... Mamãe!...
– Vem cá, Eugênia – disse ela. – Cumprimenta o doutor Brás, filho do senhor Cubas. Veio da Europa.

Eugênia, a flor da moita, mal respondeu ao gesto de cortesia que lhe fiz. Olhou-me admirada e acanhada; lentamente se aproximou da mãe.

– Quantos anos lhe dá?
– Dezessete.
– Menos um.
– Dezesseis... e é uma moça!...

Não pôde Eugênia encobrir a satisfação que sentia com essa minha palavra. Manteve-se fria e muda, parecendo mais mulher que criança. Depressa nos familiarizamos. Eusébia fazia-lhe elogios, quando uma borboleta preta penetrou na varanda e pôs-se a voejar perto da dona da casa, que, assustada, praguejou:

– Tesconjuro!... Sai, diabo!... Virgem Nossa Senhora!...

Tirei o lenço do bolso e pus-me a sacudi-lo, pondo a borboleta em fuga. Eusébia desculpou-se pelas bobagens que havia dito. Eugênia, que se tornara branca, da cor de uma vela, tranquilizou-se. Apertei-lhe a mão, fui embora rindo da superstição das duas mulheres.

De tarde, no sítio, vi Eugênia passar a cavalo, seguida de um criado. Fez-me um cumprimento com a ponta do chicote. Confesso que me lisonjeei com a ideia de que, alguns passos adiante, ela voltaria a cabeça para trás; mas não voltou.

Arrumava a bagagem, ajudado por Prudêncio, quando dona Eusébia chegou. Recusou-se a aceitar minha argumentação de que deveria descer, pois marcara um compromisso com meu pai. Ela insistiu. Havia preparado a comida, pessoalmente; seria uma espécie de comemoração por meu retorno da Europa. Não tive como recusar e, mais uma vez, prorroguei minha saída do sítio.

Eugênia apresentou-se num vestido todo branco. Em vez de broche, um botão de madrepérola, e outro nos punhos, fechando as mangas. Nada de pulseiras, colares ou brincos. Estava linda, as orelhas delicadamente recortadas numa cabeça de ninfa, os olhos perscrutadores, a boca exatamente a de Eusébia, que me fazia lembrar o episódio de 1814 e dava-me ímpetos de repetir, com a filha, o que fizera Vilaça com a mãe.

Terminada a refeição e após o último gole do cafezinho, fui levado a passear pela chácara. A lua estava tão misteriosa quanto os olhos de Eugênia. Seguimos por uma alameda de pedras, ladeada de arbustos floridos, e foi, então, que notei: a menina parecia mancar um pouco. Perguntei-lhe se havia machucado o pé.

– Não, senhor! Sou manca de nascença!

Senti-me um desastrado. Tivesse ficado calado, tão cedo não saberia do defeito físico da garota. E, claro está, respondeu-me com a sinceridade dos masoquistas. A considerar a segurança com que falou, parecia desejar que, dali em diante, passasse a considerá-la uma inválida ou, no mínimo, uma menininha coxa, dona de um rostinho bonito e sensual, a inspirar piedade.

Seguimos, os três, por entre quaresmeiras floridas e bananeiras-de-sumatra; Eusébia sempre muito expansiva e risonha, enquanto eu, sutilmente, procurava encarar Eugênia. Uma vez ou duas, consegui. Ela me olhou, no fundo dos olhos, sem temeridade, talvez até com certa indiferença.

Retornei ao sítio dominado por pensamentos desencontrados. Em todos eles, o rosto de Eugênia. Por que bonita, se é manca? Por que manca, se é bonita? Por mais que me esforçasse, não conseguia decifrar o enigma. Decidi livrar-me dele, como havia livrado Eusébia da borboleta negra. Enxotei-o com uma toalha e fui dormir.

Amanheceu chovendo, transferi a descida do sítio. Queria ficar mais tempo ao lado de minha Vênus Manca. Que a noiva proposta por meu pai e o parlamento esperassem. Eusébia vigiava-nos, discretamente dando-nos tempo para certas inconveniências.

– O senhor desce amanhã? – indagou-me Eugênia.
– Pretendo.
– Não desça.

Dizendo isso, ofereceu-me o rosto e nos beijamos. Tremia e me olhava com olhos de paixão. Eu me lembrava de 1814, dos arbustos e de Vilaça. Uma certeza me dominava, sentindo o hálito quente de Eugênia: nas artimanhas do amor, a filha era a cópia fiel da mãe.

A propósito de botas

Foi em uma tarde de segunda-feira, em plena varanda, que decidi, de uma vez por todas, descer da Tijuca a caminho de casa. Não podia mais fazer o pai esperar.
– Adeus! – suspirou Eugênia. – Faz bem em fugir ao ridículo de casar comigo.
Tentei dizer-lhe que não era nada do que estava pensando.
– Acredita em mim?
– Não! – disse Eugênia secamente e sumiu por trás da porta.
Desci um tanto amargurado mas – por que negar? – com uma pontinha de satisfação. Afinal, vinha dizendo a mim mesmo que era justo obedecer a meu pai. Tornava-se conveniente abraçar a carreira política... que a constituição... que a minha noiva... que o meu cavalo...
Meu pai abraçou-me cheio de ternura e agradecimento.
– Agora é deveras?... Posso enfim?...
Deixei-o em meio às reticências, livrei-me das botas, respirei aliviado. O desconforto do calçado apertado é uma das maiores venturas da terra. Fazendo doer os pés, dá-nos o prazer de descalçá-lo. Ainda com o pensamento na Tijuca, via a imagem de Eugênia esgarçar-se e perder-se à distância, enquanto meu coração também tirava as botas.
Antes de ir à casa do conselheiro Dutra, perguntei a meu pai se havia algum ajuste prévio de casamento.
– Nenhum! Há tempos, conversando com ele a teu respeito, confessei-lhe o desejo que tinha de te ver deputado. Quanto à noiva – é o nome que dou à criaturinha, que é uma joia, uma flor, uma estrela – imaginei que, se casasses com ela, mais depressa serias deputado.
Fomos à casa do Dutra. Virgília correspondia à descrição feita por meu pai e talvez até um pouco mais. Nosso primeiro olhar foi puramente conjugal. No fim de um mês estávamos íntimos.

No dia seguinte, fui dar umas voltas pela cidade. Na rua dos Ourives consulto o relógio e cai-me o vidro na calçada. Entro na primeira loja, um cubículo empoeirado e escuro. Por trás do balcão, a mulher de rosto amarelo e bexiguento, poucos cabelos. Não devia ter sido feia, mas a doença empurrou-a para o envelhecimento precoce. Em um dos dedos da mão esquerda, exibia o anel com um diamante. Sabem quem era a triste senhora? Marcela.

Não a reconheci logo, mas ela me identificou, de imediato. Fez um movimento para esconder-se ou fugir. Um instante de vaidade que durou pouco. Acomodou-se, sorriu. Perguntou se desejava comprar alguma coisa. Depois, falou de si, da vida que levara, das saudades, da doença, do homem que amara e que morreu, também de bexiga, deixando-lhe a joalheria.

– E você, casou? – perguntou-me ela.

– Ainda não – respondi secamente.

– Por que entrou aqui?

Falei-lhe do vidro. Marcela suspirou com tristeza e chamou um garoto, deu-lhe o relógio, mandou consertá-lo numa loja da vizinhança. Sentei-me. Não tinha o que dizer.

– Qualquer hora dessas acaba casando e quando quiser adquirir finas joias, pelos preços mais baixos da praça, é só me procurar.

Impossível conter o riso! A paixão do lucro não fora afetada pela bexiga. Continuava a minar a existência daquela mulher, cuja doença mais grave chamava-se avareza. Enquanto fazia essa reflexão, entrou na loja um homenzinho baixo, sem chapéu, conduzindo uma garotinha pela mão. Passou-a por cima do balcão, dizendo-lhe:

– Vamos, pergunte a dona Marcela como passou a noite, Maricota! Toma a bênção... Lá em casa, fala na senhora a todo instante. Aqui, parece uma pamonha!... Ainda ontem... Digo, Maricota?

– Não diga, não, pai!

– Foi alguma coisa feia? – perguntou Marcela fingindo-se zangada.

– Eu lhe digo – explicou o homenzinho. – Toda noite a mãe ensina a rezar um padre-nosso e uma ave-maria, oferecidos a Nossa Senhora. Ontem, Maricota pediu que fossem oferecidos a Santa Marcela.

– Meu amorzinho! – disse Marcela beijando-a.

Depois de olhar-me, meio desconfiado, o sujeito voltou a carregar a menina e saiu da loja. O garoto retornou com o relógio. Dei-lhe uma gorjeta, disse a Marcela que voltaria outra hora, com mais vagar, embora pensasse exatamente o contrário. Saí daquele lugar promíscuo, escutando meu coração bater, com dobres de finados. Livrei-me do passado que me espiava, pelas frestas do tempo, marcado de saudades e bexigas.

Alucinação

Entrei apressado na casa do conselheiro. Encontrei Virgília ansiosa e de mau humor.

– Esperava que viesse mais cedo!

Defendi-me o melhor que pude. Menti. Em dado instante, quando consigo encará-la, sou tomado de espanto. Fico sem fala, seria Virgília aquela moça? Recuei alguns passos. As bexigas tinham-lhe comido o rosto. A pele, ainda na véspera tão fina, rosada e pura, aparecia-me agora coberta pelas mesmas bolhas de pus que devastaram o rosto da espanhola. Peguei-lhe a mão, chamei-a brandamente a mim. Eram as bexigas. Não pude conter um gesto de repulsa.

Virgília afastou-se, foi sentar-se no sofá. Deveria sair, sem nada dizer, com medo da doença? Passei a olhá-la, como se a visse pela primeira vez.

– Por que me olha desse jeito? Que está acontecendo? – perguntou ela, meio perturbada.

– Contemplar sua beleza será meu ofício! – disse mentindo.
Aproximei-me, sua pele estava novamente fresca e juvenil. Sentei-me a seu lado e assim ficamos, alguns instantes, no mais absoluto silêncio. Virgília me achando um sujeito estranho; eu pensando no sofrimento da espanhola. Éramos, na verdade, três bolas em movimento. Marcela, eu, Virgília. A primeira recebeu um piparote, bateu em Brás Cubas – o qual, cedendo à força impulsiva, esbarrou em Virgília, que não tinha nada com a primeira bola. Eis aí como, pela simples transmissão de uma força, se tocam os extremos sociais e se estabelece uma coisa que poderemos chamar "solidariedade do aborrecimento humano".

Marquesa, marquês

Embora com aparência de ninfa, Virgília comportava-se como um diabrete angélico. Suave, doce e teimosa. Quando menos eu esperava, eis que aparece o Lobo Neves na nossa história e o que era doce se acabou. Mas ele sabia falar. Sua conversa monocórdia, e em tom de sussurro, parecia agradar à filha do conselheiro.

Aos poucos a garota foi ficando distante – uma estrela que se distanciava. Nada me disse, nem pedi explicações. Dutra sugeriu que aguardasse outra oportunidade, até porque a candidatura de Lobo Neves estava apoiada por grandes nomes da política. Uma semana depois Virgília perguntou-lhe quando se tornaria ministro.

– Pela minha vontade, já; pela dos outros, daqui a um ano.
– Promete que me fará baronesa?
– Marquesa, porque eu serei marquês!
Desde então perdi as esperanças. Adeus, noivado! Adeus,

parlamento! Tudo não passara de um sonho que, na cabeça de meu pai, se transformaria em pesadelo. Adoeceu e morreu, tantos foram os castelos que construíra para ser habitados pelos Cubas. As pedras do último desmoronamento o atingiram em cheio. Mas eu era moço, tinha o remédio em mim mesmo. Além disso – por que não reconhecer? –, a audácia dos Cubas me dominava; estava no meu sangue e na minha consciência.

A herança

Oito dias após a morte de meu pai, eu, minha irmã Sabina e seu marido Cotrim nos reunimos para discutir a herança. Estávamos de luto pesado.

– Esta casa talvez valha uns trinta contos. Trinta e cinco no máximo! – avaliou Cotrim.

– Vale cinquenta! – disse eu. – Sabina deve lembrar que custou cinquenta e oito.

– Não interessa o valor que seu pai desembolsou; azar dele. Só poderá ser vendida pelo preço de mercado. Se esta aqui vale cinquenta, quanto deverá custar a do Campo, que deseja comprar?

– Essa discussão não conduz a nada, mano – disse Sabina. – Há outras coisas a avaliar e, para isso, teremos de nos manter absolutamente calmos. Por exemplo, Cotrim não aceita os negros. Quer só o boleeiro de papai e o Paulo...

– O boleeiro João? Nem pensar! Fico com a carruagem e com ele!

– Tudo bem. O Prudêncio nos acompanha – sugeriu Cotrim.

– Prudêncio está livre; é dono da vontade dele – disse eu, saboreando a surpresa que causava a meu cunhado.

– Livre?

– Há dois anos.

– Como que seu pai fazia esses arranjos, sem que a gente soubesse? E quanto à prataria? Essa tem valor. Meu sogro dizia ser do tempo de dom José I. Fora dada de presente, pelo conde da Cunha, quando vice-rei do Brasil, a seu avô Luís Cubas.

– Também gostaria de ficar com ela, por uma questão de homenagem à memória de meu pai.

– Você é solteiro, não recebe ninguém em casa... – argumentou Cotrim com uma pontinha de maldade.

– Mas posso casar.

– Para quê? – indagou candidamente Sabina.

– Sua irmã é que precisa dessa prataria, rapaz. Eu, por mim, estou pouco ligando! – desculpou-se Cotrim.

– Não e não! Ficarei com ela. Tenho certeza de que meu pai aprovaria minha decisão.

– Que absurdo! Desse jeito vais querer ficar com a nossa roupa do corpo. Nunca vi coisa igual! – gritou Sabina, furiosa.

Depois de tantas desavenças, jantamos juntos. Meu tio cônego apareceu à sobremesa e ainda presenciou algumas discussões, agora sobre os escravos.

– Meus filhos – disse ele –, meu irmão deixou um pão bem grande para ser repartido por todos.

– A questão não é o pão. É a manteiga que está faltando. Pão seco eu não engulo! – reclamou Cotrim.

Fez-se por fim a partilha. Lembrava-me dos tempos de criança, quando eu e Sabina dividíamos fantasias.

O recluso

Por uma temporada vivi meio recluso. Vez ou outra ia ao teatro, participava de palestras. Mas a maior parte do tempo passei-a comigo mesmo, longe do curso e recurso dos sucessos, dos dias buliçosos, quase sempre apático, entre a ambição e o desânimo. Escrevia política e fazia literatura. Mandava artigos e versos para as folhas; cheguei a alcançar certa reputação de polemista e poeta.

Quando lembrava do Lobo Neves, já deputado, e de Virgília, futura marquesa, perguntava a mim mesmo por que não seria melhor parlamentar e melhor marquês que meu rival.

– Eu, que valia mais, muito mais do que ele – dizia a olhar para a ponta do nariz...

Nariz. Até certo tempo, como dizia doutor Pangloss, valia só para uso dos óculos. Depois, estando a ruminar outros pontos obscuros da filosofia, atinei com a única, verdadeira e definitiva explicação.

Bastou-me atentar no costume do faquir, que deseja alcançar luz celeste. Quando se concentra, olhando a ponta do nariz, perde o sentido das coisas externas, distancia-se no invisível, eterniza-se. Essa sublimação é o fenômeno maior do espírito.

Ah, se os narizes se contemplassem uns aos outros, o gênero humano não chegaria a durar dois séculos. Sabem por quê? Enquanto o amor multiplica a espécie, o nariz a subordina ao indivíduo.

Virgília casada

Luís Dutra era primo de Virgília e, como eu, produzia poemas. Parecia gostar do que escrevia e de ser elogiado. Meu silêncio em relação a seu trabalho deixava-o acabrunhado. Sempre que me visitava, falava mais da sua produção literária que dos acontecimentos pela cidade. Um dia, surpreendeu-me.

– Sabe quem chegou de São Paulo? Minha prima Virgília. Casou com o Lobo Neves.
– Verdade?
– E só hoje eu soube uma coisa, seu sabidinho!...
– Que foi?
– Você tentou casar com ela.
– Quem lhe disse isso?
– Ela mesma. Contou-me tudo.

No dia seguinte, estando na rua do Ouvidor, à porta da tipografia do Plancher, vi, à distância, uma mulher encantadora. Era ela. Cumprimentamo-nos. Entrou com o marido na carruagem. Fiquei atônito. Uma semana depois, encontrei-a num baile. Trocamos duas ou três palavras. Um mês mais tarde, outro baile. Lá estava Virgília, cada vez mais bonita. Valsamos. Ao aconchegar-me ao seu corpo, tive a singular sensação de homem roubado.

– Está muito calor – disse ela. – Vamos ao terraço?
– Não. Pode resfriar-se. Vamos a outra sala.

Encontrei com Lobo Neves, que me cumprimentou pelos escritos políticos. Nada dizia da produção literária, por não entender do assunto, mas achava os comentários políticos excelentes. Separamo-nos, um contente com o outro.

Algumas semanas mais tarde, o convite para a reunião íntima. Virgília recebeu-me com palavras amáveis.

– Hoje, valsará comigo!

Dançamos uma vez, duas, três. Creio que nessa noite apertei-lhe a mão com muita força, e ela deixou-a ficar, enquanto permanecíamos abraçados, valsando, sob tantos olhares... Um delírio!

É minha!

— É minha! – disse comigo, logo que a passei a outro cavalheiro; e confesso que, durante o resto da noite, a ideia foi-se entranhando no meu espírito.

Quando voltava para casa, pensando em Virgília, vi brilhar uma moeda no chão. Era de ouro. Peguei, coloquei-a no bolso. Sem poder dormir, pois pensava na ex-noiva e na moeda, cheguei a uma conclusão. No dia seguinte devolveria o achado. Redigi cuidadosa carta ao chefe de polícia, coloquei a moeda no envelope, fiz a devolução e passei a sentir-me leve e feliz, como se tivesse aberto uma janela para o outro lado da moral. Apareceu uma dama, tão bonita quanto Virgília, que disse:

— Andaste perfeitamente bem, Cubas. Queres ver o que fizeste?

Exibiu-me um espelho e eu vi a moeda de ouro da véspera multiplicando-se por dez, trinta, quinhentos, exprimindo, assim, o benefício que me daria na vida e na morte o simples ato da restituição. E eu relaxava todo meu ser na contemplação daquele ato, revia-me nele, achava-me bom, talvez grande.

A partir daí, eu, Brás Cubas, descobri uma lei sublime, a lei da equivalência das janelas, e estabeleci que o modo de compensar uma janela fechada é abrir outra.

O embrulho misterioso

Andava pela praia de Botafogo, quando tropecei num embrulho, corretamente feito, atado com um barbante rijo. Olhei em torno, não havia ninguém me observando. Peguei-o. Seria alguma brincadeira de mau gosto? Passei a sacudi-lo, mantendo os ouvidos atentos. Vai ver, guardava lenços velhos e sujos ou goiabas podres. Imaginei jogá-lo no mar. Mas alguma coisa me impulsionava a examiná-lo. Voltei para casa.

– Vejamos o que há neste pacote – disse entrando no escritório.

Cortei o barbante, retirei o papel. Apareceu uma caixa de papelão. Levantei a tampa, deparei-me com inúmeros maços de notas, cuidadosamente arrumados. Contei. Havia cinco contos de réis. Refiz o pacote, guardei-o na gaveta da minha mesa de trabalho, passei a chave. À noite fui à casa do Lobo Neves, que insistia comigo para participar das recepções da mulher. Lá encontrei o chefe de polícia, que lembrou da carta e da moeda de ouro. Virgília pareceu saborear meu procedimento, e cada um dos participantes do encontro resolveu contar alguma coisa análoga. E quanto mais falavam da tal moeda, mais eu pensava nos cinco contos.

– É crime achar tanto dinheiro?

Claro que não. Mas alguma coisa me perturbava. Se mandara a moeda de ouro ao chefe de polícia, por que não devolver a pequena fortuna? Deveria empregá-la em alguma ação nobre? Serviria de dote a uma menina pobre? Ainda não sabia como utilizá-la.

Nesse mesmo dia fui depositar o achado no Banco do Brasil. Lá me receberam com muitas e delicadas alusões ao caso da moeda de ouro, cuja notícia já se espalhara entre as pessoas do meu conhecimento. Respondi que a coisa não valia tantos comentários. Louvaram-me a modéstia.

Virgília é que já não lembrava da minha benemerência. Concentrara-se em mim, nos meus olhos, na minha vida, nos meus pensamentos. Era o que dizia e era verdade. Uniu-nos um beijo, único beijo, no portão da chácara. Daí em diante passamos a viver uma hipocrisia paciente e sistemática, com seus instantes de cólera, desespero e ciúmes.

Na noite em que voltei da chácara, com a sensação do beijo roubado, não consegui dormir direito. Incomodavam-me o tique-taque do relógio na parede, os grilos em algum ponto não identificado do jardim, o cantarolar dos ventos nas frestas das portas.

Em uma dessas noites, livrei-me das garras da ansiedade, graças a um pensamento salvador, que bateu asas, passou pela janela, atravessou a noite, foi pousar no peitoril do quarto de Virgília, onde também estava o pensamento dela. Os dois ficaram de conversas e brincadeirinhas, enquanto nossos corpos rolavam na cama.

O velho diálogo de Adão e Eva

Brás Cubas

. . . ?

Virgília

. . .

Brás Cubas

. . . .

Virgília

. . . . !

Brás Cubas

. . . .

Virgília

. . . .
. . . . ? . . . .
. . . .

Brás Cubas

. . . .

Virgília

. . . .

Brás Cubas

. . . .
. . . .
. . . . ! . . . . .
. . . . !

Virgília

. . . . ? .

Brás Cubas

. . . . !

Virgília

. . . . !

Momento oportuno

Ah!... O amor!... Quantos tentaram entendê-lo ou ao menos defini-lo. Árdua e inócua tarefa. E da paixão, sombra do amor, que dizer? Avassaladora? É pouco. Destruidora? Nem sempre. Transfiguradora!

Nos dias do entusiasmo de meu pai, tratei e destratei do noivado com Virgília. Separamo-nos. Tudo muito frio, quase indiferença. Mordeu-me apenas alguns despeito e nada mais. Correm os anos, torno a vê-la, damos três ou quatro giros de valsa, e eis-nos transportados ao delírio.

A beleza de Virgília chegara, é certo, a um alto grau de apuro, mas nós éramos substancialmente os mesmos. Quem me explicará a origem dessa motivação? Ou, simplesmente, o momento não seria oportuno? Creio que estávamos maduros para o amor, mas verdes para o "nosso amor", apenas isso.

Destino

Agora que todas as leis nos impediam é que nos amávamos de verdade. E eis-nos a caminhar, sem saber para onde, por estradas escusas. Um dia Virgília disse ter remorsos. Respondi-lhe que se sentia remorsos é porque não sentia amor. Abraçou-me.

– Te amo! É a vontade do céu.

Em princípio cheguei a temer Lobo Neves. Afinal, como tantas vezes o dissera, achava sua mulher uma pessoa admirável: amorável, elegante, austera, um modelo. Um dia, confessou-me. Sentia-se frustrado por não alcançar a glória pública, por mais que se esforçasse. Animei-o. Contou-me que a vida política era um tecido de invejas, despeitos, intrigas, interesses, vaidades.

– Não podes imaginar, meu bom amigo, o que tenho passado – queixou-se ele. – Entrei na política por gosto da família, ambição e um pouco de vaidade. Mas que entendia eu de política? Via o teatro pelo lado da plateia. Subir ao palco exigia que tivesse estômago, a fim de engolir sapos.

Calou-se, abatido, os olhos no ar, parecendo não ouvir coisa nenhuma, a não ser o eco de seus próprios pensamentos.

– O senhor há de rir-se de mim – disse. – Mas desculpe o desabafo. Precisava falar com alguém em quem confio e que, tenho certeza, manterá segredo do que ouviu.

Entraram dois deputados e um chefe político. Lobo Neves mexeu-se devagar e um tanto contrafeito. Fez um riso forçado. Em menos de meia hora, parecia o mais afortunado dos homens.

Decidi voltar para casa a pé. Na rua dos Barbonos, encontrei um antigo companheiro de colégio, agora ministro. Falamos, rimos, apertamos as mãos. A carruagem se foi, continuei andando e pensando na possibilidade de, também, me projetar. Não voltei a pensar na tristeza de Lobo Neves, a atração do abismo me dominava. Virgília ficaria encantada com meu sucesso. Seria ministro de Estado no momento mais oportuno da minha vida. Se foi possível para meu colega, por que não o seria para mim?

Cheguei ao Passeio Público e tudo parecia dizer-me a mesma coisa. Por que não serás ministro, Cubas? Cubas, por que não serás ministro de Estado? Só de ouvir meus pensamentos, uma deliciosa sensação me refrescava o organismo. Sentei-me em um banco e logo percebi: um mendigo se encaminhava na minha direção. Ao pescoço flutuavam as pontas da gravata de duas cores, apertando o colarinho sujo.

– Aposto que não me reconhece, doutor Cubas – disse ele.
– De onde? Não me recordo.
– Sou o Borba, o Quincas Borba.

Impossível! Mas os olhos tinham um resto da expressão de outro tempo, e o sorriso não perdera a ironia, que lhe era peculiar.

– A considerar meu estado, creio não necessitar contar-lhe minha história de miséria e atribulações. Lembra-se das nossas festas? Eu figurava de rei. Agora sou mendigo.

– Procure-me um dia desses. Poderei arranjar-lhe alguma coisa para fazer!

– Não é o primeiro que me diz isso, não será o último que não me fará nada. Não pretendo lhe dar trabalho, nem envolver seus amigos. Quero algum dinheiro para comer. Ainda não almocei.

Abri a carteira, escolhi uma cédula de cinco mil-réis – a menos limpa – e entreguei-lhe. Borba recebeu-a, os olhos cintilaram, ergueu-a no ar e rodopiou como um doido.

– Havia anos não tocava numa nota dessas!
– Poderás ter muitas outras nos bolsos – disse-lhe.
– Que mágica terei de fazer?
– Deixe a ociosidade de lado e trabalhe, mude o rumo da sua vida – recomendei em tom professoral.

Borba fez uma careta e deu um risinho. Sentou-se na ponta do banco.

– Gostaria de saber um pouco da filosofia da miséria e dos miseráveis? Tenho um curso completo nessa matéria.
– O que aprendeu?
– Lição 1: ignorar o senso moral e a autoestima; lição 2: não se apiedar de nada e de ninguém; lição 3: não ver, não ouvir, não falar.

Dizendo isso abraçou-me, tentando erguer-me do chão, tal sua efusividade. Depois se foi, como se fugisse. Acompanhei-o com os olhos. Era a própria imagem da decadência. Caminhei pelo Passeio Público intrigado com o destino do Borba. Procurei tirar as dobras da camisa, amarrotada durante o abraço, toquei no bolsinho do colete, onde guardava o relógio. Desilusão. Borba conseguiu furtá-lo sem que eu percebesse.

Sentia-me de tal forma decepcionado, que procurei chegar o mais cedo possível à casa de Virgília, a fim de esquecer o incidente. Junto a ela conseguia repousar de todas as sensações más. Cinco minutos de mútua contemplação bastaram para distanciar-me do mendigo. Com o beijo que me deu, então, era como se o Borba jamais tivesse existido.

Fujamos!

Três semanas depois – quatro horas da tarde – encontrei-a triste e abatida.

– Creio que ele desconfia de alguma coisa. Ontem à noite, quase não dormi. A cada instante sonhava que ia me matar.

Tranquilizei-a. Estávamos na sala de visitas, que dava justamente para a chácara, onde trocáramos o beijo inicial. Imaginei uma casa distante, onde pudéssemos ficar.

– Posso propor uma coisa? – disse eu.
– O que é?
– Fugir. Iremos para onde não haja perigo, onde possamos viver um para o outro. Cedo ou tarde ele pode descobrir e eu terei de matá-lo.

Virgília empalideceu. Insisti na louca proposta.
– Não escaparíamos!

Lembrei-lhe que o mundo era vasto. Lobo Neves jamais chegaria ao nosso refúgio. Só as grandes paixões são capazes de grandes ações e ele não a amava tanto que pudesse ir buscá-la. Virgília fez um gesto de espanto, quase indignação:

– Ele gosta de mim. Quem disse que não gosta?
Fui até a janela. Nesse instante Lobo Neves estava chegando. Fiz-lhe um gesto amigo, Virgília retirou-se da sala.
– Chegou há muito tempo?
– Há uns dez minutos.
– Fique para jantar conosco.
O filho Nhonhô apareceu, alegre e barulhento, o pai levantou-o no ar, beijou-o. Eu, que tinha ódio ao menino, afastei-me de ambos, justo quando Virgília reaparecia, fingindo alegria.
– Hoje, aturei dois encontros dos mais chatos, e ainda há um compromisso pela frente... – reclamou o marido.
– Que é? – perguntou Virgília.
– Adivinha!
Virgília sentara ao lado dele, o que me causava o maior ciúme. Pegou-lhe as mãos, ajeitou-lhe a gravata.
– Vamos ao teatro.
– Candiani vai cantar?
– Ela mesma!
Virgília bateu palmas, levantou-se, deu um beijo no filho.
– Quer nos acompanhar doutor? A crítica aponta Candiani como a dama da ópera.
– Não posso. Tenho de escrever um artigo e entregá-lo, amanhã de manhã, no jornal.
Começamos a jantar praticamente em silêncio. Somente o chefe da família falava. Virgília percebeu meu mau humor. De repente, para não complicar a situação, disparei a fazer considerações sobre política, música, literatura. Só não dissertei sobre Perceval, Chrétien de Troyes e a lenda do Santo Graal[6], porque não houve chance.

---

6 *Santo Graal*. Talismã lendário que assumiu diversas formas segundo as várias lendas. A versão mais comum, porém, identifica-o como o cálice que Jesus usou na ceia com seus discípulos e no qual José de Arimateia teria recolhido seu sangue quando ferido, na cruz, pela lança do centurião. Nos séculos XII e XIII, numerosos romances de cavalaria narraram as atribulações das buscas do Graal. Em 1182, Chrétien de Troyes compôs o primeiro poema, *Perceval* ou *Le conte du Graal*, obra continuada por outros quatro poetas e cujo total soma 63 mil versos.

Virgília olhava-me, apreensiva, suplicando que me comportasse. Entendi estar sendo imprudente, disse adeus ao casal, apertei as bochechas do Nhonhô, perversamente, ele fez uma careta, quase chorou. Sorri satisfeito. Descarregara no menino parte da raiva e do imenso ciúme que tinha do pai dele.

Lágrimas e risos

Não podendo dormir, resolvi ler. Às onze horas estava arrependido de não haver aceitado o convite para o teatro. Imaginei vestir-me e sair às pressas. Seria dar prova de fraqueza. Quem sabe, Virgília começava a se aborrecer de mim? Essa ideia fazia-me sucessivamente desesperado, frio e calculista.

Via-a reclinada no balcão do camarote, os braços nus, o colo muito branco, os cabelos elegantemente penteados, os olhos mais transparentes que os diamantes que usava. Virgília, a bela do teatro e só minha, unicamente minha, despertando a ansiedade dos homens e a inveja das mulheres.

No dia seguinte procurei-a. Tinha os olhos vermelhos de chorar.

– O que foi?

– Você não me ama. Ontem, no jantar, parecia estar com raiva de mim. E eu sem saber por quê!

Peguei-lhe as mãos, beijei-as, as lágrimas inundaram-lhe os olhos.

– Tratou-me como não se trata um cachorro.

– Perdoe-me! Acabou... Impossível continuar!...

– E se a gente passar a se encontrar numa casinha bem distante?

— Acho a ideia boa. Por que fugir? Tenho um filho, não posso deixá-lo.
— Você nunca me teve amor. Não pensa em mim.
— Eu?
— Sim, é uma egoísta. Prefere me ver padecer todos os dias, quando ele resolve acarinhá-la na minha presença.

Virgília chora.

— Não posso fugir. Não abandono meu filho. Se o levar, o pai vai buscá-lo no fim do mundo. Mate-me, se quiser, ou me deixe morrer!
— Fale baixo! Podem ouvi-la.
— Que ouçam. Não me importa.

Sugeri que esquecesse a proposta de fuga. Eu era louco, minha insânia provinha dela e com ela se acabaria. Virgília enxugou os olhos e estendeu-me a mão. Sorrimos. Voltamos a falar na tal casinha, em alguma rua escusa.

Olheiros e escutas

Interrompeu-nos o ruído de um carro na chácara. Um escravo veio dizer que era a baronesa X. Virgília consultou-me com os olhos.

— Se está com dor de cabeça — disse eu —, o melhor é não recebê-la.
— Ela já desceu da carruagem? — perguntou Virgília ao escravo.
— Já e disse que precisa falar com sinhá!

A baronesa entrou. Parecia não contar comigo na sala.

— Bons olhos o vejam! Onde se mete o senhor que não aparece em parte nenhuma? Admirou-me não vê-lo no teatro.

A Candiani esteve deliciosa. Que mulher! Aposto que também gosta dela. Os senhores são todos iguais. O barão dizia, ontem, no camarote, que uma só italiana vale por cinco brasileiras. Que desaforo! Por que não foi ao teatro?

– Estava com enxaqueca.

– Hum!... Vai ver, meteu-se em algum namoro, não acha, Virgília? Apresse-se, meu amigo. Não subestime as mulheres. O senhor deve estar com quarenta anos... ou perto disso... Não tem quarenta anos?

– Se me dá licença – disse eu sorrindo –, vou consultar a certidão de batismo.

– Vá, vá... – e estendeu-me a mão. – Sábado vamos estar em casa. O barão reclama sua visita.

Na rua, arrependi-me de ter saído. A baronesa era a pessoa que mais desconfiava da gente. Logo depois dela vinha o Viegas, parente de Virgília. Embora velhote, quase setenta anos, magro e amarelo, com reumatismo, asma e uma lesão nas coronárias, sempre que parava de gemer, espiava-nos. O "hospital ambulante", como o apelidei, me encarava com olho de peixe morto e parecia censurar-me. Ah, como temia o Viegas! O terceiro olheiro e, provavelmente, escuta era Luís Dutra, o poeta, que eu procurava controlar na base dos "favores literários".

Mentia, dizendo gostar do que escrevia, além de ver-me na contingência de apresentá-lo a escritores e artistas da minha intimidade. Quando ele ficava satisfeito com os novos conhecidos, eu podia ir à casa de Virgília, seguidamente, sem medo de ser denunciado. Se não gostava, inventava outras maneiras de agradá-lo. Certa ocasião, por insistência do desgraçado, terminei assumindo uma tarefa inglória: prefaciaria a coletânea de poemas que ele sonhava, um dia, editar.

A casinha

Jantei no hotel Pharoux, como fazia com frequência. Fui para casa, onde encontrei um presente do Lobo Neves: uma caixa de charutos, ornada de fitinhas cor-de-rosa. Tirei o papel, deparei-me com o bilhete, que me fez estremecer.
"Meu B...
Desconfiam de nós. Tudo está perdido. Não nos veremos mais. Adeus. Esqueça-se da infeliz
V...a"
No silêncio da noite, já bastante tarde, corri à casa de Virgília. Joguei pedrinhas na janela, como às vezes costumava fazer, fiquei esperando, tomado pela ansiedade e os piores pensamentos. Ela apareceu, amedrontada. Mencionou a baronesa, o Viegas, o primo poeta. Dos três, não sabia qual o mais ameaçador.
– O melhor é fugirmos – insisti.
– Nunca! Talvez a casinha seja a solução.
Localizei-a, em um tranquilo recanto da Gamboa. Pintadinha de novo e cercada de jardins. Um brinco! Convencionamos que ali moraria a costureira e agregada de Virgília. Quem poderia desconfiar? A casinha resgatava-me de tudo que vinha sofrendo. O mundo vulgar e mau terminaria à porta. Dali para dentro seria o infinito, universo eterno e excepcional, ocupado por nosso amor.

Dona Plácida

Se o "nosso recanto" era bonito por fora, passou a ser lindo por dentro, graças aos cuidados de Virgília. Levei para lá alguns livros, papel, lápis e canetas, meu candeeiro de estimação, a escrivaninha, presente de meu pai. Tudo isso ficou sob a guarda de dona Plácida, para todos os efeitos, a verdadeira proprietária.

Mas como custou a aceitar a incumbência! Farejava nossa intenção, doía-lhe o ofício. Por estima a Virgília, terminou concordando com nossa proposta. Nos dois primeiros meses, não levantou os olhos para mim. Estava sempre carrancuda e triste, enquanto eu me esforçava para obter-lhe a benevolência, depois a confiança.

Não fui ingrato. Fiz-lhe um pecúlio de cinco contos – os que achara em Botafogo –, para que pudesse ter tranquilidade na velhice. Dona Plácida agradeceu-me com lágrimas nos olhos, e nunca mais deixou de rezar por nós. Amantes clandestinos, eu e Virgília fomos seus anjos bons.

Amor em fogo brando

Os tempos tinham levado nossos sustos e vexames. Virgília chegava, nos primeiros dias, envergonhada e trêmula. Eu ia até a carruagem, encontrava-a nos seus disfarces: o rosto quase sumido nos altos colarinhos de uma capa, como as que usavam os frades; na cabeça, um chapéu de abas largas.

Da primeira vez deixou-se cair no sofá, ofegante e nervosa. Não conseguia dizer nada. Achei-a ainda mais bela. Um detalhe me preocupava: findos os embaraços, dava para perceber que nosso amor, embora intenso, perdia o tresloucado dos primeiros dias, para reduzir-se a um simples feixe de raios, tranquilo e constante, bem diferente do incêndio em que ardíamos.

– Estou muito zangada! – disse ela.
– Por quê?

– Não foi lá em casa, como havia prometido. Ele quis saber se está havendo algum problema. Por que faltou?

Custava-me responder, mas acabei encontrando uma desculpa. Falei dos artigos, dos apontamentos que fazia para organizar uma história. Menti.

– Que engraçadinho! Só eu me arrisco!

– Crueldade sua. Minha preocupação é você. Não penso em mais nada. Na história que pretendo escrever, a personagem principal é uma mulher chamada V. Imagina de quem se trata!

Virgília tirou o chapéu, lépida como uma menina que voltasse do colégio, pôs-se a rir. Embora contrafeito, procurei acompanhá-la e terminamos nos beijando, sem temer os olheiros.

A presidência

Certo dia, meses depois, entrou Lobo Neves em casa, dizendo que iria ocupar a presidência de uma província no Norte. Virgília empalideceu. Eu me senti como que dominado por um espasmo catatônico.

– Alegre-se, querida! Será bom para nós e melhor para Nhonhô. Politicamente, que achas, meu caro Cubas?

– É um passo importante na sua carreira!

– Eis uma opinião sensata, Virgília. Não posso recusar o que me pede o partido. Entre dezenas de nomes terminei sendo o escolhido. Isso merece comemoração!

No dia seguinte encontrei-a triste, na casinha da Gamboa.

– Te quero conosco, vá o Lobo para onde for!

– Ficou louca? Seria uma insensatez.

– Então, o que faço?

– Só há um caminho. Desfazer o projeto.

– Impossível. Já aceitou.

Atirei o chapéu sobre uma cadeira, caminhei de um lado para o outro, peguei-lhe pela mão. Fechei-a.

– Aqui dentro está toda a minha existência. Você é responsável por ela. Faça o que lhe parecer melhor – disse-lhe, procurando disfarçar meu egoísmo.

Beijei-a e fui embora.

De noite, na casa do Lobo Neves, novas preocupações. Ele brincava com Nhonhô, Virgília lia um livro e, em certo momento, nossos olhos se encontraram.

– O pior – disse-me de repente Lobo – é que ainda não achei um secretário de minha confiança.

– Não?

– Mas tenho uma ideia. E se pudesse contar com a colaboração do nobre amigo?

Confesso que me surpreendi. Encarei-o. E se fosse alguma armadilha? Em frações de segundos, analisei-o o melhor que pude. Não havia nem sombra de segundas intenções. Mantinha o rosto natural e franco, de uma placidez salpicada de alegria. Senti o olhar de Virgília por cima da página, pedindo-me que aceitasse o convite. Aceitei. Nosso amor estava salvo; graças à política, seguiríamos amantes.

A reconciliação

Em casa, envolvi-me nas sombras da dúvida. Iria, insanamente, expor a reputação de Virgília? Não haveria outro meio mais seguro de combinar o Estado e a casinha da Gamboa? Ao café da manhã, achava-me decidido: fizera bem em aceitar a nomeação.

Ao meio-dia, veio o criado dizer-me que estava na sala uma senhora, coberta com um véu. Era minha irmã Sabina. Depois, surgiu à minha frente a menina Sara, minha sobrinha, e o Cotrim, com quem brigara, havia tantos anos, por causa da tal herança.

Fizemos as pazes e rimos dos nossos desentendimentos. Disse-lhes estar de partida para o Norte, a fim de secretariar Lobo Neves no governo de uma província. Ambos acharam a ideia por demais esquisita.

Nesse mesmo dia, procurando fazer uma sondagem mais ampla, passei a falar aos amigos sobre a viagem. Fiz comentários na rua do Ouvidor, no restaurante Pharoux, no teatro. Alguns sorriam maliciosamente. No teatro disse-me uma senhora que eu estava levando muito longe o amor pela escultura, referindo-se às belas formas de Virgília.

Na casa de Sabina, dias depois, o comentário maldoso e direto partira do cirurgião Garcez, velho e promíscuo, chegado a uma piada pornográfica. Entre pessoas educadas, assemelhava-se a um bufão.

– Já sei! Desta vez, na sua viagem, vai trocar Cícero por Virgílio!...

– Por que Virgílio? – indagou Sabina.

– Porque doutor Cubas é bom tradutor. Tão bom que, além de se preocupar com o lado masculino do poeta, abordará também a parte feminina... que se chama Virgília!...

Dizendo isso sacudia-se de rir. Sabina me encarou e, vendo-me meio confuso, embora sorridente, tratou de me socorrer. Os convidados olhavam-me admirados, como se não entendessem meu comportamento diante do velho falastrão. Cotrim tirou-me do constrangimento, levando-me à janela.

– Quer que lhe diga uma coisa? – perguntou. – Não faça essa viagem. É insensata e perigosa.

– Por quê?

– Curioso que não saiba. Aqui, na corte, um caso desses perde-se entre tantos outros interesses. Na província é diferente. Os jornais de oposição adoram um escândalo.

Talvez Cotrim tivesse razão. E daí? Conseguiria separar-me de Virgília? No dia seguinte, abro um jornal, leio a notícia de que, por decreto de 13..., tinham sido nomeados presidente e secretário da província de *** o Lobo Neves e eu. Mandei um bilhete a Virgília e segui para a Gamboa. Ela chegou pouco depois, lépida como uma andorinha. Ao ver-me, ficou séria.

– Que aconteceu?

– Estou na maior dúvida. Não sei se vai ser bom para nós. O ambiente na província não se parece em nada com este aqui!

– Ao que tudo indica, não iremos mais – disse Virgília, sorrindo.

– Como assim?

– O Lobo me pediu absoluto sigilo – acentuou ela. – A razão dele é coisa que muita gente não entenderá. Pura superstição. Nunca pensei que se deixasse levar por essas ideias.

– Ainda não entendi.

– Ficou assustado quando viu que o decreto trazia a data de 13. Tem horror a esse número. O pai dele morreu num dia 13, treze dias após um jantar, onde estavam treze pessoas. A casa em que morrera a mãe tinha o n.º 13. Enfim, para ele, o 13 é fatídico.

– Por estar confuso, gostaria que me dissesse o que acha disso tudo – indaguei.

– Dei razão ao Lobo. Lembrei-lhe que, entre o céu e a terra, existem mais mistérios que nossas vãs filosofias possam explicar – comentou Virgília, sorridente e feliz.

O cimo da montanha

Quem escapa a um perigo ama a vida com outra intensidade. Passei a amar Virgília com muito mais ardor. Nos primeiros dias, depois daquele incidente, vivíamos o contentamento de poder avaliar o que teria sido nossa separação. A tristeza de um e de outro, a distância, a saudade. Apertamo-nos com abraços.

– Minha boa Virgília!
– Meu amor!

Graças ao n.º 13, chegamos ao pico da montanha, de onde podíamos divisar os vales de leste e de oeste e, por cima de nós, o céu tranquilo e azul. Justo nesse período, de tanto enlevo, senti que começávamos a descer a encosta; ora de mãos dadas, ora de mãos soltas, mas a descer...

Virgília passou a demonstrar certo enfado, mal-estar ou tristeza. Perguntei-lhe o que estava havendo. Não quis dizer. Um fluido sutil percorreu todo o meu corpo: sensação forte e rápida. Puxei-a pelas mãos, beijei-a. Virgília estremeceu; segurou-me a cabeça, olhou-me nos olhos.

Nesse período, de muito amor e sensações estranhas, ocorreu a morte do Viegas, o "hospital ambulante", que vivia nos espiando. Virgília chorou. Eu procurei me manter indiferente, admirando-a diante do morto. Era a beleza que me mobilizava e escravizava; a morte, que eu via com estranheza, imaginava horrenda, por não ser nada... sendo tudo, infelizmente.

Canto lírico

Nessa fase de acontecimentos extraordinários, recordo de mais um. O Cotrim manda-me um bilhete, convidando-me a jantar. O portador era seu cunhado. Chamava-se Damasceno e, conforme me dissera, estivera na revolução de 1831. Saíra do Rio de Janeiro por andar em desacordo com o regente, que, segundo ele, não passava de um asno. Falou-me, também, das trapalhadas políticas, da fragilidade do governo, do teatro e da música lírica, de que muito gostava. Estivera na apresentação de Candiani e, também, declarava-se entusiasmado com a italiana.

Na hora aprazada lá estava eu, na casa do Cotrim, entre tantos outros convidados. A filha de Damasceno, chamada Eulália ou nhã Loló, na intimidade, ia cantar. Era graciosa, mas faltava-lhe elegância, o que compensava com os olhos lindos, que não se afastava de mim. Nhã Loló cantou, foi aplaudida. Sabina levou-me à porta e quis saber o que achara da cantora. Tratei de esquivar-me.

– Muito simpática, não é? – disse Sabina.

– Assim, assim.

– Chato! Até quando pretendes te guardar?

Rimos. Intimamente, lamentei que nossa reconciliação tivesse acontecido em função de nhã Loló. Senti-me um pouco logrado, fui à casa de Lobo Neves. Mas, aos meus carinhos, Virgília respondia com amuos e tristezas. Só mais tarde descobriria: estava grávida e tinha medo de enfrentar os trabalhos de parto. Da primeira vez, ficara traumatizada.

A carta anônima

Alguém me tocou no ombro. Era Lobo. Encaramo-nos, perguntei por Virgília, ficamos a conversar. Um pouco de política, algumas considerações sobre a apresentação de Candiani, que continuava sendo notícia na imprensa. Um criado trouxe-lhe uma carta. Abriu, leu, bateu com a mão fechada no braço da poltrona. Mudou de expressão tornou-se agressivo.

Virgília aproximou-se, ao perceber a indignação do marido. Ele mostrou-lhe a carta anônima. Falava do nosso relacionamento. Não entrava em detalhes. Nada dizia sobre a casinha da Gamboa. Fazia especulações maldosas, mencionava que o caso se tornara do conhecimento público.

– Infâmia! – gritou Vigília, como boa atriz.

Lobo Neves, procurando readquirir a calma, pediu que a mulher lhe confessasse tudo, porque tudo lhe perdoaria. Compreendendo estar salva, passou a mencionar nomes de namorados que haviam ficado para trás e que, naturalmente, sentiam-se ofendidos.

– Vai ver, foi um deles!

Lobo não parecia satisfeito e, contendo a raiva, esperava que a esposa falasse mais, contasse detalhes, e ela não perdeu tempo. Sugeriu que eu não voltasse mais à casa deles, a fim de evitar a maledicência. Assim fazendo, sabia-o muito bem, nos encontraríamos na casinha da Gamboa. Afinal, era esse meu projeto. O marido rasgou a carta, meteu-se no quarto. Aproximei-me de Virgília, tentei beijá-la. Ela se afastou, espantada, como se temesse o beijo de um defunto.

O caso provável

Disse anteriormente que o Lobo Neves, nomeado presidente de província, recusou o cargo por superstição ao n.º 13. O fato, incomum entre nós, produziu dissidência partidária. Mas, tempos depois, as arestas já aplainadas, foi Virgília quem me deu a notícia da viravolta política do marido. Falou-me de reuniões, de conversas ao pé do ouvido, do discurso que preparava.

– Dessa vez você se torna baronesa – ironizei.

Virgília fez arzinho de indiferença, mas seus olhos diziam o contrário. Talvez a carta imperial terminasse por atraí-la à virtude, não digo pela virtude em si, mas por gratidão ao marido.

Na fase inicial do nosso relacionamento, acabei tendo um sério desgosto, já que parecia ter atraído para mim todo o ciúme do mundo. Uma delegação da Dalmácia esteve no Rio. Através de contatos do Lobo, Virgília terminou apresentada ao conde B. V., que a namorou por três meses. O sujeito, nobre de verdade, transtornou-lhe a cabeça. E eu não sabia como evitar as manhas do pilantra, com seus convites especiais e suas recepções íntimas na representação diplomática, quase que a portas fechadas.

Felizmente, fui salvo pela revolução dos dalmacianos, descontentes com o governo. A luta dos rebeldes terminou sangrenta, dolorosa, formidável. Os jornais, a cada navio que chegava da Europa, transcreviam os horrores, mediam o sangue, contavam as cabeças, e os habitantes da corte tremiam de indignação e piedade. Eu não; abençoava interiormente a tragédia, que me tirara uma pedra do sapato. De outra parte, por que ter tanta piedade? Afinal, a Dalmácia era tão longe!

Distração

Da primeira vez em que cheguei atrasado ao encontro com Virgília, na casinha da Gamboa, foi aquela crise de amuos e contrariedades. Dona Plácida chorava.

– Não desampare a Iaiá, pelo amor de Deus. Ela sacrifica tudo pelo senhor.

Sofri com o sofrimento de Virgília e as lágrimas de dona Plácida, que lhe levou uma carta com meu pedido de desculpa. Três dias depois, estava tudo esclarecido, mas ela voltou a ameaçar-me com a separação. Disse-me coisas duras, elogiou o marido. Mantive-me calado, olhando para o chão, onde minúscula e atrevida formiga mordia uma mosca, que procurava livrar-se, arrastando-a. Mas a formiguinha não desistia, pois seu ofício era abastecer o formigueiro de comida. Pensando naquele drama – comer ou morrer de fome –, quase esqueço Virgília.

– Não vai dizer nada? Fica aí, calado, como se eu não existisse? – reclamou a mulher, com crescente indignação.

– Que hei de dizer, mais do que já disse na carta? Sabe o que me parece? Está enfastiada de mim, procura um motivo para que nos afastemos.

– Adivinhou!

Colocou a capa e o chapéu, aproximou-se da porta.

– Adeus, dona Plácida!

Segurei-a pela cintura, ela forcejou para livrar-se, deixou-se cair no sofá. Sentei-me perto. Disse-lhe as palavras mais bonitas que me ocorreram, fiz-lhe carinhos. Expliquei-lhe que era um distraído. Muitas vezes me ausentava da realidade, por estar pensando nela. Somente nela. No futuro cheio de luz que haveríamos de ter.

Era ele!

Virgília sorriu, pediu desculpa por ser ciumenta, arrumou os cabelos, passou o lenço nos olhos, ficou novamente linda e elegante. Dona Plácida reapareceu, extremamente nervosa.

– É ele, Iaiá!... Ele!... Seu marido!

O momento de terror foi curto, mas completo. Virgília fez-se da cor das rendas do vestido. A caseira, que fechara as rótulas das janelas, queria fechar também a porta. Impedi seu gesto e dispus-me a esperar Lobo Neves. Virgília tomou-se de coragem, empurrando-me para o quarto e determinando que dona Plácida voltasse à janela.

— O senhor por aqui, honrando minha pobre casa? Adivinhe quem veio me ver!...

Virgília, que estava a um canto, atirou-se sobre ele. Eu a espreitava pelo buraco da fechadura. Lobo, frio e quieto, circulou um olhar pela sala.

— Que é isto? — indagou Virgília. — Você por aqui?
— Ia passando, vi dona Plácida, vim cumprimentá-la.
— Muito obrigada! — disse a velha, acariciando Virgília.
— Este anjinho é que nunca se esqueceu de mim. Sente-se, doutor...
— Não me demoro.
— Você vai para casa?
— Vou.
— Então, vamos juntos.

A boa velha fechou a porta, atirou-se de joelhos no chão, diante da imagem da santa. No mesmo instante saí do meu esconderijo e uma ideia maluca me impulsionava a arrancar Virgília dos braços do marido. Dona Plácida atracou-se comigo, impedindo-me de chegar à rua. Lembrei-me da equivalência das janelas. O quarto foi uma janela fechada que me obrigava a abrir outra. Graças à caseira, não aconteceu uma cena de sangue.

Jogo perigoso

Dona Plácida, nervosa, andava de um lado para o outro, enchendo a sala de exclamações. Eu me mantinha sentado, sem ter o que dizer. Temia que Lobo Neves a espancasse, humilhasse ou, num acesso de loucura, decidisse assassiná-la e eu, distante, sem poder socorrê-la.

A velha caseira, igualmente inquieta, colocou a mantilha, disse-me que ia saber o que havia acontecido com Iaiá. Argumentei que sua visita poderia levantar novas suspeitas; mandou que ficasse quieto. Sabia como fazer e lá se foi.

Enquanto aguardava notícias, pensei em tanta coisa, inclusive em casar, constituir família, viver longe dos amores aventurosos. Ao mesmo tempo, em meio a esses pensamentos confusos, lá estava Virgília esperando nosso filho. Nunca me sentira tão agoniado. Os padecimentos, que me embaralhavam o raciocínio e pareciam rasgar-me o coração, só se tornaram menos intensos quando a caseira retornou, trazendo-me o seguinte bilhete:

"Não houve nada, mas ele suspeita de alguma coisa. Está muito sério, não fala. Não me tratou mal nem bem. Sorriu para Nhonhô e saiu. Não sei o que vai acontecer; Deus queira que isso passe. Muita cautela, por ora, muita cautela".

Depois do jantar e antes de dormir, li o bilhete, procurando adivinhar as entrelinhas. Não era suficiente, para mim, o que ela dizia de forma tão prosaica. O que estaria escondendo? Teria feito um acordo com o marido e eu seria esquecido? A dúvida me enlouquecia.

Uma semana depois, ainda com o bilhete no bolso, fiquei sabendo que Lobo Neves tinha sido novamente designado para governar outra província no Norte. O decreto fora publicado. Eu não figurava como seu secretário e a data também não caía num dia 13 e, sim, a 31. Imaginei comentar o fato com Virgília, mas as nossas comunicações tornaram-se difíceis.

Os dias se passavam e eu trancado em casa, com minhas lembranças e meus escritos. Dona Plácida reapareceu. Virgília estava na Gamboa, me esperando. Corri para lá.

– Partimos de manhã. Você vai a bordo?
– Está doida? É impossível.
– Então, adeus!
– Adeus!

– Não esqueça dona Plácida. Já chorou tanto, coitadinha! Disse que eu não a verei mais... É uma boa criatura, não é?
– Certamente.
– Quando puder escrever, ela receberá as cartas. Agora, até daqui a...
– Talvez dois anos?
– Ele diz que ficará só até as eleições.
– Então, seja feliz!
– Eu te amo tanto!...
– Eu também!

O almoço

Não a vi partir; mas à hora marcada senti alguma coisa que não era dor nem prazer, talvez alívio e saudade, tudo misturado. Imaginando-a em alto-mar, entreguei-me solitariamente a um lauto almoço, numa ponta de mesa, com meus quarenta e tantos anos, vadios e vazios.

A partida de Virgília deu-me uma amostra da viuvez. Nos primeiros dias permaneci em casa. Saudades, ambições, um pouco de tédio e muito devaneio. Nesse intervalo morreram meu tio cônego e dois primos. Não me dei por abalado. Levei-os ao cemitério, como quem leva dinheiro a um banco. Que digo? Como quem leva cartas ao correio. Foi, também, por esse tempo que nasceu minha sobrinha Venância, filha do Cotrim. Morriam uns, nasciam outros. Eu continuava às moscas!

Humanitismo

Duas forças, porém, além de uma terceira, compeliam-me a voltar à vida agitada: Sabina e Quincas Borba. Minha irmã encaminhou a candidatura conjugal de nhã Loló de um modo verdadeiramente impetuoso. Quando dei por mim, estava com a moça nos braços. Quanto ao Quincas, expôs-me enfim o Humanitismo, sistema de filosofia destinado a arruinar todos os demais sistemas.

– *Humanitas* – dizia ele – é o princípio das coisas, o mesmo homem repartido por todos os homens. São três as fases *Humanitas*: a *estática* – anterior a toda a criação; a *expansiva* – começo das coisas; a *dispersiva* – aparecimento do homem; e contará com mais uma, a *contrativa* – absorção do homem e das coisas.

Enquanto Sabina cuidava da minha futura vida conjugal, Quincas Borba lia sua obra em quatro volumes manuscritos, de cem páginas cada um.

A terceira força que me chamava à realidade era o prazer do sucesso e, sobretudo, a incapacidade de viver só. A multidão atraía-me, o aplauso encantava-me. Se a ideia do emplasto tivesse aparecido nesse tempo, quem sabe? Eu teria me transformado num morto célebre.

Opinião recusada

Ao final de três meses, ia tudo às mil maravilhas. Sabina, os olhos da moça, os desejos do pai, o matrimônio. A lembrança de Virgília aparecia de vez em quando. Um diabo negro mostrava-me, no espelho, o rosto dela desfeito em lágrimas. O diabo cor-de-rosa, igualmente ágil, exibia-me nhã Loló, luminosa e angélica.

Não obstante meus quarenta e tantos anos, achei melhor não tratar do casamento sem primeiro falar ao Cotrim. Ele me ouviu e disse não ter opinião em negócio de parentes. Podiam supor-lhe algum interesse, se acaso louvasse as raras prendas de nhã Loló. Por isso, calava-se.

– Lavo inteiramente as mãos – concluiu ele.

– Mas você achava, até recentemente, que eu devia casar...

– Isso é outra história. É indispensável casar, principalmente tendo ambições políticas. Agora, quanto à noiva, não posso ter voto, não quero, não devo!

Epitáfio

Aqui jaz
DONA EULÁLIA DAMASCENO DE BRITO
Morta
Aos dezenove anos de idade
Orai por ela!

Desconsolação

O epitáfio diz tudo. Vale mais do que se lhes narrasse a moléstia de nhã Loló, a morte, o desespero da família, o enterro. Acrescentarei que foi por ocasião da primeira epidemia de febre amarela. Não digo mais nada, a não ser que a deixei no jazigo e me despedi triste, mas sem lágrimas. Talvez não a amasse de verdade.

Se não contei a morte, não conto igualmente a missa de sétimo dia. A tristeza do Damasceno era profunda. Semanas se passaram e ele continuava inconsolável. Dizia que a dor grande com que Deus o castigara fora aumentada com a que lhe infligiram os homens.

Confessou-me que, no meio do desastre irreparável, quisera ter a consolação dos amigos. Doze pessoas apenas, a maioria delas conhecidas do Cotrim, acompanharam à cova o cadáver de sua querida filha. Ponderei-lhe que as perdas eram tão gerais que bem se podia desculpar essa desatenção aparente. Damasceno abanava a cabeça de um modo incrédulo.

– Meu Deus! – lastimava-se. – Desampararam-me!

Cotrim procurava confortá-lo:

– Vieram os que se interessam por você e por nós. Os oitenta ou cem viriam por formalidade, falariam da inércia do governo, das panaceias dos boticários, do preço das casas, ou uns dos outros...

Damasceno ouviu calado e suspirou:

– Mas viessem!

Formalidade

O grande bem da vida é receber do céu a partícula da sabedoria divina, que nos desperta o dom de identificar as relações das coisas, a faculdade de as comparar, o talento de concluir. Eu tive essa distinção psíquica e agradeço a Deus do fundo do meu sepulcro.

De fato, o homem vulgar que ouvisse a última palavra do Damasceno não se lembraria dela, quando, tempos depois, houvesse de olhar para uma gravura representando seis damas turcas. Pois eu me lembrei. Eram seis damas de Constantinopla, em trajes de rua, caras tapadas, não com os espessos panos que as cobrisse deveras, mas com tênues véus, que simulavam ocultar-lhes os olhos, revelando-lhes os rostos por inteiro. Achei graça da faceirice muçulmana, que nesse esconde-esconde tornava a beleza ainda mais evidente.

E notai bem que eu vi a gravura turca dois anos depois das palavras do Damasceno, e foi no parlamento, em meio a intenso burburinho, enquanto um colega discutia um parecer da comissão de orçamento, sendo eu também deputado. Vi a gravura turca, recostado na minha cadeira, entre o parlamentar que contava uma anedota e outro, que desenhava o perfil do orador Lobo Neves. A maré da vida trouxe-nos à mesma praia, como garrafas de náufragos, ele contendo o seu ressentimento, eu ocultando meus remorsos.

Seja como for, a primeira vez que voltei a falar com Virgília, depois da presidência, foi num baile em 1855. Ela usava um vestido de gorgorão azul. Não tinha mais a frescura da primeira idade, mas ainda estava formosa.

Conversamos sem qualquer alusão ao passado. Subentendia-se tudo. Um riso, um olhar e mais nada. Pouco depois reti-

rou-se. Fui vê-la descer as escadas e, não sei por que fenômeno de ventriloquismo cerebral (perdoem-me os filólogos essa frase bárbara), murmurei esta palavra profundamente retrospectiva:
– Magnífica!
Alguém tocou-me no ombro. Voltei-me. Era um antigo companheiro, oficial de marinha. Sorriu maliciosamente.
– Espertalhão!... Recordando o passado, hein?!

Cinquenta anos

Não lhes disse ainda, mas digo-o agora. Quando Virgília descia as escadas e o oficial de marinha brincou comigo, eu tinha cinquenta anos. Era portanto a minha vida que via passar, cheia de prazeres, agitações e sustos. Cinquenta anos! Depois da ironia do oficial, que colocou a capa e se foi, confesso que fiquei triste. Voltei ao baile, com desejo de dançar uma polca, embriagar-me de luzes, flores, cristais e olhos bonitos. Remocei. Às quatro da manhã, quando resolvi ir para casa, o que encontro no fundo da carruagem? Meus cinquenta anos. Lá estavam eles, cochilando sua fadiga, querendo cama e repouso.

Um pedido de Virgília

Se a paixão do poder é a mais forte de todas, como dizem, imaginem o desespero, a dor, o abatimento do dia em que perdi a cadeira da câmara dos deputados. Iam-se as esperanças. Terminava minha carreira política. E notem que o Quincas Borba, por induções filosóficas, achou que minha ambição não era a paixão verdadeira do poder, mas um capricho, um desejo de me exibir.

Em meio a tamanha angústia, chegou-me uma carta de Virgília.

"Meu bom amigo,
Dona Plácida está mal. Peço-lhe o favor de fazer alguma coisa por ela. Mora no beco das Escadinhas. Veja se consegue colocá-la em um leito, na Santa Casa de Misericórdia.

Sua amiga sincera, V."

Ao jantar, ainda lembrava do bilhete de Virgília e da formiga querendo sequestrar a mosca.

Que fez dona Plácida com os cinco contos que lhe dei? Distribuiu por sua tribo ou terminou por confiá-los a algum namorado, que prometeu multiplicá-los e sumiu no oco do mundo? Cinco contos! Uma fortuna!

Providenciei a internação. Dona Plácida morreu, sem que médicos e enfermeiros percebessem. Saiu da vida às escondidas, da mesma maneira que entrara.

Por entender que temos um papel a representar neste mundo, creio que a caseira veio para proteger meu doce desespero amoroso. Paguei o enterro. Foi meu último ato de cumplicidade com Virgília.

Força ideológica

Depois do enterro encontrei-me com o Quincas Borba, na redação do jornal que faríamos circular, e que se intitularia *Folha humanítica*. Redigi o programa, em que prometíamos curar a sociedade, destruir os abusos e defender os sãos princípios de liberdade. Fazia um apelo ao comércio e à lavoura, citava Guizot[7] e Ledru-Rollin[8], acabava o período com esta ameaça mesquinha: "A nova doutrina que professamos há de, inevitavelmente, derrubar o atual ministério".

Como o Quincas reclamasse desse fecho, pois expressava todo o meu ressentimento por ter perdido a cadeira de deputado, convenci-o de que se tratava do mais puro Humanitismo.

Para a imprensa, mandei uma nota discreta, dizendo que nas próximas semanas estaria circulando a *Folha humanítica*, de oposição, dirigida pelo doutor Brás Cubas. Quincas acrescentou ao meu nome, tocado pela fraternidade, esta frase: "...um dos mais gloriosos membros da antiga câmara".

Cotrim e Sabina acharam verdadeiro desatino meter-me com o jornalismo de oposição. Ia provocar a ira do governo, sem necessidade. Expliquei-lhes que não me convinha mendigar uma cadeira no parlamento. Nosso propósito, meu e do Quincas Borba, era derrubar o ministério, por não me parecer adequado à situação e a certo princípio filosófico-ideológico que eles não iriam entender.

Publiquei o jornal. Vinte e quatro horas depois, aparecia em outras publicações uma declaração do Cotrim, dizendo: "Mesmo não sendo militante de nenhum dos partidos em que se divide a pátria, considero ser do meu dever deixar bem claro que não tenho qualquer influência, direta ou indireta, no diário

---

7 *Guizot*. François Guizot (1787-1874), político e historiador francês. Escreveu, entre outros, *Histórias da Revolução da Inglaterra*.

8 *Ledru-Rollin*. Político e advogado francês (1807-1874), um dos incentivadores do sufrágio universal.

editado por meu cunhado, o doutor Brás Cubas, cujas ideias e procedimento político reprovo inteiramente. O atual ministério (como aliás qualquer outro composto de iguais capacidades) parece-me destinado a promover a felicidade pública".

Não podia crer no que viam meus olhos. Se ele nada tinha com os partidos, que lhe importava a publicação da *Folha humanítica*? Realmente, era um mistério a intrusão do Cotrim nesse negócio, não menos que a sua agressão pessoal. Em que pese essa contrariedade, o primeiro número do jornal encheu-me a alma de alegria, restituiu-me a lepidez da mocidade. Seis meses depois batia a hora da velhice, e, daí a duas semanas, a da morte, que foi clandestina, como a de dona Plácida. No dia em que o jornal amanheceu morto, respirei como um homem que vem de longa caminhada.

Pensava no Humanitismo de Quincas Borba, em Eugênia, filha de Eusébia, no beijo atrás da moita, em Marcela com o rosto deformado, em Virgília e na nossa obsessão amorosa. Pensei também em nhã Loló, que se foi tão menina. Pouco depois, novamente a morte. Lobo Neves, já de posse do ministério, meteu o pé na cova.

Confesso-lhes que senti alguns minutos de prazer e de indignação, ao encontrar Virgília chorando junto ao féretro. No cemitério, abraçou-me, aflita. As lágrimas eram verdadeiras. Traíra o marido com sinceridade, chorava-o com sinceridade. Nossa paixão também enviuvou.

Por essa época, de tantas contradições, reconciliei-me de novo com o Cotrim. A vida era para mim a pior das fadigas. Creio que meu desânimo o impressionou. Convidou-me a filiar-me numa Ordem Terceira; o que eu não fiz sem consultar o Quincas Borba:

– Vais, se queres, mas temporariamente. Eu trato de anexar à minha filosofia uma parte dogmática e litúrgica. O Humanitismo há de ser também uma religião, a do futuro, a única verdadeira.

Filiei-me na Ordem Terceira de ***, exerci ali alguns cargos. Foi essa a fase mais brilhante da minha vida. Não obstante,

calo-me. Talvez a economia social pudesse ganhar alguma coisa, se eu mostrasse como todo e qualquer prêmio estranho vale pouco ao lado do prêmio subjetivo e imediato; mas seria romper o silêncio que jurei guardar. No fim de alguns anos, três ou quatro, estava saturado do ofício religioso; não sem um donativo importante, que me deu direito ao retrato na sacristia.

Não acabarei, porém, o capítulo, sem dizer que vi morrer, no hospital da Ordem, adivinhem quem?... a linda Marcela. Fechou os olhos no dia em que, visitando um cortiço, distribuía esmolas. Entre os necessitados estava Eugênia, tão coxa e triste. Fitou-me com muita dignidade, estendi-lhe a mão, como faria à esposa de um capitalista. Envergonhada, fechou-se no seu cubículo e nunca mais a vi.

A semidemência

Estava velho, necessitava de muita força interior. Mas o Quincas Borba partira seis meses antes para Minas Gerais. Levou consigo a melhor das filosofias. Voltou uns quatro meses depois, encontrou-me em casa, quase no estado em que o vira no Passeio Público. A diferença é que o olhar era outro. Voltou demente. Contou-me que, para aperfeiçoar o Humanitismo, queimara o manuscrito, ia recomeçá-lo.

Quincas não só estava louco, como tinha certeza disso, e esse resto de consciência – frouxa lamparina no meio das trevas – acentuava o horror da situação. Sabia de sua loucura e com ela não se irritava; ao contrário, dizia-me ser uma prova de *Humanitas*, que assim brincava consigo mesmo.

Morreu pouco tempo depois, em minha casa, jurando e repetindo sempre que a dor era uma ilusão, e Pangloss, o caluniado Pangloss, não fora tão tolo como o supôs Voltaire[9].

---

9 *Voltaire*. Pseudônimo de François-Marie Arouet (1694-1778), escritor e pensador francês, um dos principais ideólogos da Revolução Francesa.

3. "Stendhal dizia ter feito um romance para cem leitores. Mentira? Verdade? Preocupado com essa declaração, e rezando para ser mais feliz que meu colega francês, instalei-me na morada de muitas portas, no vale da Eternidade, e lancei-me ao trabalho, com a pena da galhofa e a tinta da melancolia."

Por que o escritor Stendhal é citado nesse início? Faça uma pesquisa que esclareça quem é Stendhal e justifique a presença dele nesse trecho.

4. Acompanhe o seguinte trecho, extraído do capítulo "O delírio":

"Na condição de delirante, imaginei-me barbeiro chinês, escanhoando um mandarim. Depois, transformei-me em um volume encadernado da *Suma teológica* de São Tomás, vi-me montado no hipopótamo que corria velozmente para a origem dos séculos. (...)

A partir desse momento comecei a me preocupar. E se os séculos, irritados com a devassa da sua origem, resolvessem esmagar-me entre as unhas, também, deveriam ser seculares?"

No fragmento apresentado, a passagem do tempo assume um caráter especial. Que tempo é esse, capaz de correr "velozmente para a origem dos séculos"? Faça algumas considerações sobre isso.

5. *Memórias póstumas de Brás Cubas* não é uma narrativa comum, já que concretamente inicia-se após a morte do eu-narrador, personagem principal. O que mais, além disso, faz dessa narrativa algo incomum?

ALGUNS PERSONAGENS SIGNIFICATIVOS

6. Quincas Borba nos é mostrado em várias circunstâncias, durante a narrativa. Reconstitua, em ordem cronológica, as várias fases da vida do filósofo.

7. "Confesso-lhes que senti alguns minutos de prazer e de indignação, ao encontrar Virgília chorando junto ao féretro. No cemitério, abraçou-me, aflita. As lágrimas eram verdadeiras. Traíra o marido com sinceridade, chorava-o com sinceridade. Nossa paixão também enviuvou."

A partir da observação acima, trace um perfil de Virgília.

8. Dona Plácida era uma intermediária de Virgília e Brás Cubas. Que atividade exerce? Qual a sua importância na narrativa?

9. Qual aspecto pode ser comum a dona Plácida, Marcela e Loló (além do fato de serem mulheres)?

ALGUNS ASPECTOS DO "HUMANITISMO"

Acompanhe este trecho do capítulo "A borboleta preta", extraído do texto original de *Memórias póstumas de Brás Cubas*:

"No dia seguinte (...) entrou no meu quarto uma borboleta, tão negra como a outra, e muito maior do que ela. Lembrou-me o caso da véspera, e ri-me; entrei logo a pensar na filha de D. Eusébia, no susto que tivera, e na dignidade que, apesar dele, soube conservar. A borboleta, depois de esvoaçar muito em torno de mim, pousou-me na testa. Sacudi-a, ela foi pousar na vidraça; e, porque eu a sacudisse de novo, saiu dali e veio parar em cima de um velho retrato de meu pai. Era negra como a noite. O gesto brando com que, uma vez posta, começou a mover as asas, tinha um certo ar escarninho, que me aborreceu muito. Dei de ombros, saí do quarto; mas tornando lá, minutos depois, e achando-a ainda no mesmo lugar, senti um repelão dos nervos, lancei mão de uma toalha, bati-lhe e ela caiu.

Não caiu morta; ainda torcia o corpo e movia as farpinhas da cabeça. Apiedei-me; tomei-a na palma da mão e fui depô-la no peitoril da janela. Era tarde; a infeliz expirou dentro de alguns segundos. Fiquei um pouco aborrecido, incomodado.

– Também por que diabo não era ela azul? – disse comigo.

E esta reflexão – uma das mais profundas que se tem feito, desde a invenção das borboletas – me consolou do malefício, e me reconciliou comigo mesmo. Deixei-me estar a contemplar o cadáver, com alguma simpatia, confesso. Imaginei que ela saíra do mato, almoçada e feliz. A manhã era linda. Veio por ali fora, modesta e negra, espairecendo as suas borboletices, sob a vasta cúpula de um céu azul, que é sempre azul, para todas as asas. (...)

Pois um golpe de toalha rematou a aventura. Não lhe valeu a imensidade azul, nem a alegria das flores, nem a pompa das folhas verdes, contra uma toalha de rosto, dois palmos de linho cru. Vejam como é bom ser superior às borboletas! Porque, é justo dizê-lo, se ela fosse azul, ou cor de laranja, não teria mais segura a vida; não era impossível que eu a atravessasse com um alfinete, para recreio dos olhos. Não era. Esta última ideia restituiu-me a consolação; uni o dedo grande ao polegar, despedi um piparote e o cadáver caiu no jardim. Era tempo; aí vinham já as próvidas formigas... Não, volto à primeira ideia; creio que para ela era melhor ter nascido azul".

10. Você acha que a borboleta preta pode simbolizar alguma coisa? O quê? Por quê?

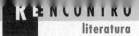

Roteiro de Trabalho

Memórias póstumas de Brás Cubas
Machado de Assis • Adaptação de José Louzeiro

Publicado em 1881, esse romance marcou o início do Realismo na literatura brasileira. Surgiu, primeiramente, em forma de folhetim. Depois de morto, Brás Cubas resolve escrever a sua autobiografia. As lembranças vêm fragmentadas, cabendo ao leitor organizá-las para acompanhar o relato. De tudo que narra, ressaltam-se os seus amores na juventude e o encontro com o amigo Quincas Borba.

ALGUNS ELEMENTOS DA ESTRUTURA DA NARRATIVA

1. Acompanhe, em "Óbito do autor", a observação que abre o capítulo:

"Escolhido o título, outra dúvida: começaria as *Memórias* pelo princípio ou pelo fim? Trataria em primeiro lugar do meu nascimento ou da minha morte? Pouco afeito aos usos e costumes no 'além', não sabia sequer se deveria assumir a postura de autor defunto ou de defunto autor."

Qual é a diferença entre autor defunto e defunto autor?

2. "Pouco antes de fechar os olhos, entre crises de tosse e febre intermitente, assumi o compromisso comigo mesmo de, tão logo chegasse ao mundo das almas, escrever minha biografia. Uma dúvida me perturbava: a quantos viventes interessaria a obra de um morto? A cinquenta, vinte ou dez?"

Essas palavras, que abrem a narrativa do defunto autor, apontam para importante elemento da narrativa: o ponto de vista. Como se classifica o foco narrativo escolhido por Brás Cubas? Há alguma vantagem nele? Por quê?

---

11. Em sua opinião, o que leva o narrador a concluir que, para a borboleta, era melhor ter nascido azul?

12. Você encontra alguma relação entre esse capítulo de *Memórias póstumas de Brás Cubas* e o Humanitismo? Se necessário, releia trechos relacionados a essa filosofia.

13. Você encontra algum traço de ironia, ceticismo e antirromantismo nesse texto? Justifique a sua resposta.

14. Faça uma definição do comportamento do narrador desse texto.

Acompanhe agora o seguinte trecho da adaptação de *Memórias póstumas de Brás Cubas*:

"Terminada a refeição e após o último gole do cafezinho, fui levado a passear pela chácara. A lua estava tão misteriosa quanto os olhos de Eugênia. Seguimos por uma alameda de pedras, ladeada de arbustos floridos, e foi, então, que notei: a menina parecia mancar um pouco. Perguntei-lhe se havia machucado o pé.

— Não, senhor! Sou manca de nascença!

Senti-me um desastrado. Tivesse ficado calado, tão cedo não saberia do defeito físico da garota. E, claro está, respondeu-me com a sinceridade dos masoquistas. A considerar a segurança com que falou, parecia desejar que, dali em diante, passasse a considerá-la uma inválida ou, no mínimo, uma menininha coxa, dona de um rostinho bonito e sensual, a inspirar piedade.

Seguimos, os três, por entre quaresmeiras floridas e bananeiras-de-sumatra; Eusébia sempre muito expansiva e risonha, enquanto eu, sutilmente, procurava encarar Eugênia. Uma vez ou duas, consegui. Ela me olhou, no fundo dos olhos, sem temeridade, talvez até com certa indiferença.

Retornei ao sítio dominado por pensamentos desencontrados. Em todos eles, o rosto de Eugênia. Por que bonita, se é manca? Por que manca, se é bonita? Por mais que me esforçasse, não conseguia decifrar o enigma. Decidi livrar-me dele, como havia livrado Eusébia da borboleta negra. Enxotei-o com uma toalha e fui dormir".

15. Você encontra alguma semelhança entre o enfoque de Eugênia nesse capítulo e o fato de a borboleta ser preta e não azul?

Das negativas

Entre a morte do Quincas Borba e a minha, registraram-se os sucessos narrados na primeira parte do livro. O principal deles foi a invenção do emplasto Brás Cubas, que se tornou inviável, em face da moléstia que contraí, num golpe de ar. Divino emplasto, tu me darias o primeiro lugar entre os homens, acima da ciência e da riqueza, porque eras a genuína e direta inspiração do céu. O acaso determinou o contrário e "meus órfãos", coitados, ficaram eternamente entregues aos malefícios da hipocondria.

Este último capítulo é todo de negativas. Não alcancei a celebridade com a panaceia, não fui ministro, não fui pai, não fui califa e não conheci o casamento. Verdade é que, ao lado dessas faltas, coube-me a boa fortuna de não comprar o pão com o suor do meu rosto. Não padeci das dores de dona Plácida nem da semidemência do Quincas Borba. Saí de mãos limpas da vida. Ao chegar a este outro lado do mistério, achei-me com um pequeno saldo, que é a derradeira negativa deste capítulo de negativas:

– Não tive filhos. Não transmiti a nenhuma criatura o legado da nossa miséria.

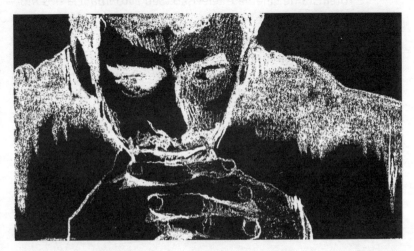

QUEM É JOSÉ LOUZEIRO?

Maranhense de São Luís, nasceu em 19 de setembro de 1932. Filho de uma família de operários, só teve acesso aos livros quando, aos 16 anos, começou a trabalhar no matutino *O Imparcial*, da cadeia dos *Diários Associados*, como aprendiz (não se usava a expressão estagiário) de revisor gráfico. Ficou pouco tempo nessa atividade, logo se tornando aprendiz de repórter policial, em *O Globo* e *Pacotilha*, da mesma empresa. A partir daí começou a ter contato com os livros e com os escritores maranhenses, colaboradores da "Página literária", que saía, aos domingos, em *O Imparcial*.

No mês de janeiro de 1954, transferiu-se para o Rio de Janeiro, onde prosseguiu as atividades de repórter policial. Trabalhou na *Revista da Semana* (1955) e, depois da Junta Democrática, em *O Dia, Diário Carioca, Última Hora* e *Correio da Manhã*.

Fez sua estreia literária em 1958, com a coletânea de contos *Depois da luta*. Dois anos mais tarde, publicaria a novela *Acusado de homicídio* e no mesmo volume o conto longo "Ponte sem aço".

Dos anos da estreia para cá já lançou dezenas de livros e trabalhou em inúmeros jornais, inclusive na *Folha de S.Paulo*, sempre como repórter.

É roteirista de cinema e televisão. Seu livro *Infância dos mortos* deu margem ao filme *Pixote*, e sua novela *Corpo Santo*, lançada em 1987 pela extinta Rede Manchete, ganhou todos os prêmios da APCA (Associação Paulista dos Críticos de Arte).

Dentre suas obras, destacam-se *Elza Soares, cantando para não enlouquecer; Mito em chamas, a lenda do justiceiro Mão Branca,* e *Villa-Lobos, o aprendiz de feiticeiro.*